박종호 유머집

응답하라, 최구라!!

응답하라, 친구라!!

박 종 호 지음

도서출판 백암

책 머리에

사람들은 나름대로의 철학을 갖고 생활한다. 그러나 요 즘같이 모든 일이 어렵고 막막한 세상에서 자신의 주관대 로 삶을 살아가고 지탱하려니 많은 스트레스를 받는 것은 물론이고 심하게는 우울증에 빠지게 되기도 한다.

바로 이럴 때일수록 사람에게는 휴식이 필요하다. 그리 고 또 한 번쯤은 허구(虛構) 속으로 들어가 상상의 공간에 서 마음껏 나래를 펼 수 있다면 그 순간만큼은 행복해 질 것이다. 이때 자연히 웃음이 나오며 유머가 생기는 것이다.

인간은 많이 웃을수록 인체의 면역수치는 높아지고 반 면에 콜레스테롤수치는 낮아져 한층 더 건강해진다.

또 유머를 아는 사람만이 진실을 알고 사랑을 알 수 있 다고 한다. 그래야 나름대로의 철학을 갖게 된다는 것이다. 유머는 픽션(fiction)과 논픽션(Non-fiction)이라는 공간의 넘나듦을 통해 웃음을 탄생하게 한다.

재미있는 유머는 상대방에게서 듣고 1분 뒤에서야 웃음을 자아낸다고 한다. 그리고 그것이 생각날 때마다 웃음을 잃지 않을 것이기에 유머는 인간에게 있어 꼭 필요한 것임은 틀림없다.

　이때를 맞추어 필자가 그동안 살아오면서 웃었던 웃음들을 나열하여 선을 보이게 되었다.

　아무쪼록 나의 부족한 이 글들이 독자들의 잃어버린 웃음의 활동력을 되찾을 수 있는 원동력이 되었으면 하는 바람이다.

정유년을 보내며

마산에서 박 종 호

차 례

8 응답하라

작가 최규영

　여기는 대한민국 경상남도 마산시 양덕 2동의 어느 작은 골방이다. 자칭 소설가라는 최규영이가 한참을 골똘히 생각하다가 원고지에 열심히 글을 쓰며 나열하고 있다.

　벽에 붙어있는 A4 용지 위에는 굵고 큼직하게 스토리 전개원칙이라 쓰여 있다. 그리고 그 밑에는

　작가 홍길동은 〈발단-전개-위기-절정-결말〉

　이몽룡은 〈전개-발단- 결말-위기-절정〉

　성춘향은 〈사건이 펑! 터지고 해결될 때까지〉

　　　예 세븐 데이즈

　김구라는 〈액션, 코미디, 멜로, 만화〉

　그리고 누구는 〈오로지 애로〉, 누구는 〈아예 엉망진창〉, 그리고 당사자인 최규영의 소설 전개 원칙은 〈닥치는 대로 법에 안 걸리고 진도 나가기〉라고 쓰인 글이 붙어 있다.

　세상에 독불장군은 없다. 하지만 소설가 최규영은 외로이 홀로 골방에 틀어 박혀서 눈에 거슬리는 인간이 없는 천하무적 유아독존인 것이다.

　규영은 준비된 소설가이다. 무슨 준비를 했냐 하면 〈영

화공부〉, 〈만화공부〉, 〈시사상식〉, 〈독서〉, 〈경험〉 그리고 〈레즈비언의 포르노〉까지 열심히 탐독하여 꿰뚫었다. 한때 모든 게 뜻대로 될 줄 알고 어렵게 해서 출간한 책 이 〈레즈비언의 사랑〉이다. 이 책의 전개는 발단–전개–위기–절정–결말이다. 발단은 어찌 어찌 만나서, 절정은 오르가즘, 결말은 무조건 해피엔딩으로 끝을 맺었건만 하지만 독자들에게 사랑을 받지 못해 눈물을 흘리며 좌절의 쓴맛을 봐야 했다.

안정된 직업을 갖기 위해

올 들어 나이가 40세인 최규영은 얼마 전까지 땀을 뻘뻘 흘리며 타임머신을 만들다가 결국엔 포기해야 했고 그 길로 험악한 작가의 길로 들어선 것이다.

그가 타임머신을 만들려고 한 진짜 이유는 과거로 돌아가서 열심히 공부하여 정신과의사나 아이들을 가르치는 교사나 또는 산사에서 도를 닦는 스님이 되고 싶었기 때문이다.

정신과의사를 택한 이유는 병원의 환자가 환자 나름인 만큼 의료사고 분쟁에서도 유리한 입장이고 무엇보다 수술이 없다는 점이었다.

또 교사를 택한 이유는 여름과 겨울, 봄에 신나는 방학이 있으며 또 결혼 후에는 자녀학자금지원 혜택을 받을 수 있고 노후 안정을 위한 공무원연금 등 기타 혜택을 받기 때문이었다.

또 스님이 되고 싶었던 까닭은 지난날 어린 시절 살고

있는 집 뒷산에 암자가 하나 있었는데 그곳에서 수행하는 스님의 모습이 무척 보기가 좋았던 기억 때문이다. 그 당시에 어느 날인가 최규영이가 교회에 가서 암자의 스님을 자랑하게 되었는데 순간 그 자리는 묘한 분위기로 변하며 매서운 눈총의 질타를 받게 되었다.

그러나 최규영이가 타임머신 만들기를 포기한 진짜 이유는 정신과의사와 교사나 스님보다도 소설가가 자기에게 어울린다고 생각하였기 때문이었다. 그러다보니 소설가를 흠모하게 되었고 동경하는 것이다.

사실 정신과의사는 하루 종일 정신 나간 놈을 상대로 하니 골이 깨질 것 같았고 그렇게 일 년 365일 정신과 환자를 상대하다보면 나중엔 환자에게 물들어 결국엔 정신과 환자가 되는 게 아닐까 하는 두려움과 공포감에 휩싸여 포기하게 되었다.

또 교사를 포기하게 된 까닭은 요즘같이 체벌문제로 시

끌거리며 오히려 학생들이 교사를 폭행하거나 칼을 들고 마구 마구 설쳐대는 여학생을 생각하니 갑자기 간담이 서늘해지며 교사로 향했던 정내미가 순식간에 떨어진 것이었다.

최규영의 일과

작가 최규영은 잠에서 깨어나 눈을 뜨면 상상력을 바탕으로 작품을 쓰기 위해 원고지와 씨름한다. 그리고 쉬는 시간에는 PC방에 가서 드라마·시트콤·만화를 본다. 그러던 중 PC방에서 즐기다가 문득 생각했다. '컴퓨터를 만든 자식의 얼굴을 보고 싶다. 나에게 이런 즐거움을 주다니.'

집에서는 주로 신문을 보며 라디오를 듣는다.

식사는 아침·점심·저녁을 꼭꼭 챙겨 먹는데 요리를 하려면 얼마든지 할 수 있지만 슈퍼마켓에 가서 영양가 있는 음식을 아무거나 막 골고루 사다 먹는다. 생선도 얼마든지 요리를 해서 먹을 수 있지만 통조림을 사다 먹는다. 왜냐하면 통조림 자식은 가시가 없어서 먹기에 편리하니까. 그리고 두 끼 정도는 밥을, 두 끼는 라면을, 두 끼 정도는 밥을, 두 끼는 라면을…… 밥과 라면을 조화해서 먹고 있다. 제일 좋아하는 음식은 과일과 돼지족발이다.

작은 방의 청소는 거의 안 한다. 여기서 거의가 들어간 이유는 청소를 조금은 한다는 뜻이다. 그리하여 대학교 다닐 때도 그랬지만 방은 변하지 않는 쓰레기장이나 다름없다.

최규영의 잠자기는 이렇다. 눈과 머리에서 피곤하여 삐요 삐요 신호가 오면 특이사항이 없는 이상 잠으로 들어가서 '이제 일어날 시간이다' 할 때까지 자는 것이다.

최규영의 방은 최상의 지리적 요건을 갖추고 있다. 주위에는 큰 우체국, 큰 병원, 시립도서관, 번화가라서 여러 가지 작은 병원, 주위 도시로 뻗어가는 시외버스터미널, 많은 PC방, 시장, 아싸 노래주점이 있다.

또 방에는 샤워시설·온수시설·난방시설이 완벽히 갖추어져 있으며 방값은 대한민국에서 제일 싸다. 단지 흠이 있다면 주방이 좀 작다는 것이다.

빨래는 요령껏 잘 빨아서 방바닥에 아무렇게나 던져놓으면 잘 마른다.

나이가 40인 최규영은 자기의 작은 방이 대한민국에서 최고로 마음에 드는 방이라고 생각한다.

지나친 자랑

실로 오랜만에 외출을 하였다. 바닥 난 원고지를 보충하기 위해 문구점을 휩쓸고 다니다가 길모퉁이에서 최규영은 우연히 절친한 친구를 만나게 되었다.

순간 최규영은 무척 반가워하며 말을 건넸다.

"어~이 반갑다. 오랜만이네. 그래 요즘은 어떻게 지내나? 하는 일은 잘되고……?"

"뭐~ 나야 매일 그렇지. 봉급쟁이 인생 어디 가겠나. 그런데 자네는 요즘 어떻게 지내고 있나?"

친구의 물음에 최규영은 신이 나서 목에 힘이 들어간 소리를 내며 말한다.

"응, 나 그동안 비밀리에 시트콤 소설을 썼지. 〈남자 셋, 여자 셋과 레즈비언〉이라고 거의 완성 단계에 있다네."

친구는 놀라 눈을 크게 치켜뜨며

"뭐! 자네가 시트콤 소설을 썼다고! 야! 이거 특종인데 특종"

"아~ 이 사람아 뭘 그리 놀래나 놀래긴. 원래 굼벵이도 구르는 재주는 있다고 말하지 않던가."

"그래도 그렇지. 그게 터지면 대박인데다 그럼 자네는

순식간에 유명해져 매스컴에 뜰 텐데……."

친구의 말에 최규영은 신이 나서 유들거리며 말한다.

"그렇겠지, 하지만 나는 얼굴이 알려지는 것이 체질적으로 맞지 않아 기자들의 카메라에는 찍히지 않을 생각이라네. 굳이 작가라고 꼭 카메라에 찍힐 필요가 있겠는가? 엄연히 나에게도 인권과 행복추구권이라는 게 있는데 말 일세……."

최규영의 말을 듣고 있던 친구는 으아해하며 고개를 갸우뚱거리더니

"자넨 행복을 이상하게 추구하는군. 남들은 텔레비전에 못나가서 나가려고 기를 쓰는데. 왜 그런 노래도 있지 않나? 텔레비전에 내가 나왔으면 정말 좋겠네 정말 좋겠네 춤추고 노래하는 예쁜 내 얼굴……. 하기사 기자도 굳이 카메라에 찍히기 싫다는 사람 억지로 찍지는 않겠지. 그렇지만 기자도 특종이 밥줄인데 가만있을까? 전쟁터에도 종군기자는 목숨 걸고 사진 찍으러 가고, 하다못해 만화 영화에서 공룡 같은 것도 위험을 무릅 쓰고 찍는데……."

"그러길래 내가 하는 말인데 기자들이 경찰보다 더 귀찮

고 무서운 존재라니까.”

최규영이가 기자를 기피하며 어이없어 하자 친구는 의심스러운 눈초리로 묻는다.

“혹시, 자네 뒤에 뭐 켕기는 게 있는 거 아냐? 솔직히 털어봐 자식아!”

친구의 말에 최우영이는 느물거리며 말을 잇는다.

“그런 거 전혀 없는데. 단지 내가 조금 두려워하는 점은 내 얼굴이 대한민국 땅에 알려짐으로 인해 혹 환경의 변화에 적응이 되지 않을까 해서 일세.”

“자네가 언론에 뜬다면 과연 기자의 카메라를 피해 갈 수 있을까.”

“혹시 모르니까 카메라 방지 비상대책반을 가동시키려 한다네 하하하.”

친구는 부러움을 역력히 드러내며 티꼽다는 듯이

“나도 이 기회에 글이나 써 카메라에 찍혀 볼까나.”

알콜중독자 친구 1

최규영은 모처럼 나와 시내를 걷고 있는데 눈 한쪽이 자기 마누라한테 얻어 터져 시퍼렇게 멍이든 알콜중독자 친구를 만나게 되었다.

이 친구는 어젯밤에 술을 마시고 필름이 끊어졌기 때문에 자기의 승용차를 어디에 세워놓고 술을 마셨는지 기억이 나질 않아 차를 찾고 있는 중이라고 한다.

과거에 이 친구는 나름대로 열심히 공부를 하였으나 끝내는 수준 낮은 대학교 회계학과에 어렵게 입학을 했었다.

입학부터 신입생 환영회는 술집나이트에서, 개강모임은 술집에서, 야유회 때도 술과 안주는 필수, 체육대회를 마친 뒤에도 술 한 잔, MT가도 술, 생일 파티도 술집에서, 군 입대를 한다하여 술 한 잔, 종강 모임도 술집에서…….

그런데서 그렇게 생활하다 보니 이 친구는 자연적으로 알콜중독자가 되어 버린 것이다.

몇 해 전의 일이다

그날도 술을 진탕마신 친구는 음주운전을 하다가 단속

에 걸리고 말았다. 음주 측정을 하기 위해 차에서 나왔지만 걸음도 제대로 못 걸을 정도로 취해있었다.

바로 그때 웬 오토바이 하나가 굉음을 내며 달려오다가 앞서 달리던 차와 충돌하고 말았다. 순간적인 교통사고로 단속을 하던 경찰이 달려가고 주변이 어수선해지자 친구는 필사의 탈출을 했다. 얼른 차에 올라 시동을 걸고 전속력으로 집을 향해 달려갔다.

그리고는 안도의 한숨을 내쉬고 잠을 청했는데, 다음날 아침 벨 누르는 소리가 요란하게 울리는 것이었다. 잠결에 문을 열어보니 '윽! 경찰관 아저씨!!!'

"혹시 어제 밤에 음주운전 단속에 적발되지 않으셨습니까?"

친구는 속으로 '큰일 났다. 무조건 우기자.'

"무슨 말씀이세요? 전 텔레비전 보다가 일찍 잤는데요?"

"죄송하지만 차 좀 보여 주시겠습니까?"

경찰관이 미소를 지으며 그렇게 말하자 친구는 과장되게 튕기면서.

"그러지요 뭐!"

차고로 가서 문을 여는 순간
"악!!! 웬, 순찰차??!!"

쯧쯧~ 그렇게 세월이 지났건만 전날의 술이 미처 깨기
도 전에 만난 친구는 최규영한테 한탄하듯 투덜거린다.
"지금 나와 친한 알콜 중독자가 있는데 나와 같이 술을
먹고 싶다 해서 미치겠다구."

알콜중독자 친구 2

최규영 친구 중엔 또 다른 알콜중독자가 있었다. 이 친구는 한 번 술을 마시면 뿌리를 뽑는 사람으로서,

1차는 맥주와 두 마리 양념치킨 가게,

2차는 소주와 횟집, 그리고

3차는 양주와 노래주점이다.

4차는 누구를 두들겨 팬 후에 막걸리를 숨겨 가지고 경찰서의 유치장 안 이다.

어느 날 아침에 술 취한 이 친구는 자기의 승용차를 몰고서 직장에 출근을 하는데 옆 좌석에 앉아 있는 친한 직장 동료에게 부탁했다.

"내가 술에 너무 취해 있어서 그러니 내가 운전을 하면서 눈을 감으면 좀 깨워줘."

"뭐!?"

최규영의 대학 시절

대학교 1학년 2학기를 이끌어갈 과대표 선출이 있었을 때 일이다.

과대표 후보자의 연설에서 누구는 '말은 청산유수라 귀를 기울여야 했고', 누구는 '종이에 적은 것을 성심성의껏 읽었다.' 그때 친한 친구가 옆에서 최규영을 추천하길래 최규영은 과대표를 할 성격이 아닌데도 그냥 심심해서 나가기로 결심하고 1학년 1학기의 분위기대로 연설을 했다.

"열심히 하겠습니다. 과대표에 당선되면 술이 떨어지는 일이 없도록 하겠습니다. 그리고 미팅을 원하시면 바로바로 주선하겠습니다."

그리하여 최규영은 바로 과대표가 되었다. 뜻밖에 과대표 장학금도 나오길래 돈을 조금 떼어서 술을 자주 샀으며 과대표의 업무방향은 '폼 잡고 시간 때우기'로 정하고 열심히 활동한 바 있었다.

그 시절 최규영은 회계학과 친구들에게 유머 감각을 발휘해 보기로 했다. 왜냐하면 살아오면서 보니까 유머감각이 있는 사람이 인기가 좋았다고 생각했기 때문이다. 그리하여 어느 날 최규영은 회계학과의 친구들 앞에서 시를 읊는다.

붉은 해가 떠오른다.
해가 활활 탄다.
물이 끓는다.

그리고 얼마 후 최규영은 웃으면서
"어서 빨리 라면 넣어라."
또 강의실 앞에서 누가 크게 떠들자 최규영은 친구에게 말했다.
"저 인간 저거 소음공해다 소음공해."
이런 식으로 대하니 친구들은 즐거워했다. 단번에 최규영은 유머 감각으로 회계학과에서 최고 인기를 누리게 되었다. 그러자 최규영은 회계학과의 친구들을 더 웃기며 즐겁게 하기 위하여 어느 코미디영화의 주인공처럼 바보행세를 하자 결국에는 회계학과의 친구들이 최규영이를 또라이로 몰아가고 말았다.

최규영이의 지혜

최규영이 대학 2학년 때 시험을 보게 되었다. 2시간을 주고 시험을 보는데 1초라도 늦게 내면 F학점으로 처리한다는 까다롭기로 소문난 교수의 시험이었다. 그날따라 최규영이는 지각을 했기 때문에 교수는 최규영이에게 2시간 동안 풀어야 할 문제를 1시간 만에 끝내라고 지시했다. 최규영이는 묵묵히 열심히 시험을 봤다. 그리고는 1시간이 더 지나서야 교수에게 찾아가 시험지를 내밀었다. 예상대로 교수는 흥분해서 소리쳤다.

"이것 봐, 너 점수 없어!"

그러자 최규영이는 교수를 바라보면서 당당하게 되물었다.

"제가 누군 줄 아십니까?"

교수는 소리를 질렀다.

"아니 이놈이 협박하려 하는 거냐?"

그러자 최규영이는 언성을 높이며 다시 한 번 물었다.

"제가 누군 줄 아시나요~!"

흥분한 교수는

"네가 누군지 어떻게 알아~~~~~!"

하고 소리를 질렀다.

그러자 최규영은 재빨리 교수 책상 위에 쌓인 다른 학생들 시험지를 들춰, 가운데에 자신의 시험지를 싸악~ 끼워 놓고 도망갔다.

중국집에서

어느 날 최규영이는 친구 둘과 함께 중국집에 갔다. 최규영이는 우동을 시키고 다른 친구 두 명은 자장면을 시켰다. 웨이터는 바로 주방에다 대고 소리쳤다.

"우짜짜!"

그러자 잠시 후 우동 하나에 자장 두 개가 나왔다. 그런데 조금 있다가 손님 7명이 들어왔다. 그들은 우동 3개에 자장 4개를 시켰다.

역시 웨이터는 또 주방 쪽에다 대고 소리쳤다.

"우짜 우짜 우~짜짜!"

그러자 그들이 주문한 것이 정확하게 나왔다. 세 친구와 7명의 손님들은 웨이터의 짧지만 확실한 전달방법을 듣고 신기해했다.

그런데 잠시 후 20여 명이 단체로 들어왔다. 그러더니 주문도 가지각색으로 했다. 우동 3, 자장 5, 짬뽕 2, 탕수육 2, 기타 등등…….

아무튼 엄청 복잡하게 시켰다.

먼저 온 손님들은 웨이터가 과연 이걸 어떻게 줄일지 궁금했다.

그런데 웨이터는 아무렇지 않은 얼굴로 아까보다 더 짧게,

딱 다섯 마디로 줄여서 전달하는 것이 아닌가?

주방을 향해 큰소리로…….

"너도 들었지?"

동점

    과거 최규영은 대학교에서 ROTC 장교 후보생 시절에 다른 대학교의 ROTC와 축구 시합이 있었다. 축구를 하면 언제나 수비 위치인 최규영은 이날도 수비였다. 그런데 어쩌다가 날아온 상대편 선수가 찬 공이 최규영의 몸에 맞아 자살골이 되어버렸다. 그러자 최규영이 왈

    "1 대 0 !"

    시간이 조금 흘러 상대편 진영에서 코너킥이 생겼다. 최

규영은 눈에 불을 켠 채 주장에게 뛰어가서는 코너킥을 내가 차게 해달라고 졸라서 코너킥을 뻥! 찼다. 그러자 쌩 날아간 공은 조금 전에 최규영의 자살골을 위해 뻥 찼던 그 상대편 선수에게 맞아 자살골이 되었다. 그러자 최규영 왈

"1대 1!"

못나가는 이유

갑자기 집안이 어려워지자 대학생인 최규영인 용돈이 반이나 깎여버렸다. 어느 날 최규영은 갑자기 수영장에 가고 싶어져서 돈을 싹싹 긁어 입장료를 마련했다. 그러나 최규영의 수영 팬티는 중학교 때 입던 것으로 작고 낡았지만 돈이 없어 새로 살 수 없어 할 수 없이 그냥 입고 수영장으로 향했다.

해가 질 때까지 노는 최규영. 이윽고 사람들은 모두 집으로 가고, 수영장 안은 텅텅 비었다. 그런데, 수영장 관리인은 혼자서 물속에 있는 최규영을 발견했다.

"아니, 이것 보세요. 이제 집에 가셔야죠. 문 닫아야 해요."

그러나 최규영은 들은 척도 하지 않았고, 화가 난 관리인은 물속에 들어와 최규영의 팔을 잡았다. 끄덕 않고 계속 버티는 최규영. 마침내 화가 폭발한 관리인은 최규영을 풀장 밖으로 끌어냈다. 그 순간 으악! 하는 관리인의 비명소리.

최규영의 낡아빠진 수영 팬티는 최규영이 풀장에 들어온 지 얼마 안 되어 벗겨져 버린 것이다.

내가 뭘 어쨌다고…

때는 어느 더운 여름날.

밤늦게까지 시간 가는 줄 모르고 술을 마신 최규영이는 친구 인철이의 방에서 잠을 자게 되었다. 다음 날까지 끝마쳐야 하는 일이 있던 인철이는 술에 취해 뻗은 최규영이를 자리에 눕히고 자상하게 선풍기까지 틀어주었다. 한참 일에 몰두하던 중 인철이의 귓가에 들려오는 최규영의 음성,

"야쿠르트……줘. 야쿠르트 줘……줘."

인철이는 그 말이 잠꼬대려니, 술김에 하는 소리려니 하

면서 그냥 무시하고 자기 할 일만 열심히 하고 있었다.

하지만 계속해서 들려오는 목소리,

"야쿠르트……줘. 야쿠르트……줘,

날도 더운데다 일까지 쌓인 인철이는 분노가 폭발했다.

"이 자식아! 야쿠르트는 무슨 얼어 죽을 야쿠르트야! 잠이나 쳐 자!"

인철이에게 걷어차인 최규영이가 울면서 일어나, 선풍기를 보며 말했다.

"약으로 틀어줘……약으로 틀어줘…….."

정신병원에서 의사 위에 환자

오늘 최규영은 신경정신과에 갔었다. 안 그래도 머리가
정상인데 신경정신과 의사가 하는 게 의심스러웠다.
"어제 처방해준 머리가 더 좋아지는 약을 먹으니 머리와
눈앞이 헤롱헤롱거리며 금방 미칠 것만 같은데요."
하고 최규영이가 투덜거리자 의사는 말했다.
"계속 먹으면 괜찮아집니다."
"예!"

하고 대답은 하였지만 최규영은 생각했다.

'의사의 말이 사실일까? 이 의사 이거 돌팔이 아냐? 확 미친 척 해버려!' 하고는 곧바로.

"그럼 이거 네가 먼저 먹어봐. 확인해보게"

정신병원에서 얼 빠진 의사

어느 날 정신치료를 받기위해 정신병원에 입원해 있는 최규영이 갑자기 의사에게 서울에 꼭 가야 한다고 떼를 쓰기 시작했다.

이유인즉, 오늘 서울에서 미모의 S라인의 여성과 한강 유원지를 거닐며 데이트하기로 약속했다는 것이다.

최규영이 귀찮을 정도로 떼를 쓰자 의사는 꾀를 내 택시 운전사로 변장하고 최규영이 앞에 나타났다.

의사가 볼세라 최규영은 그 택시를 잡아타고 다짜고짜
서울에 가자고 했다.

　운전기사로 변장한 의사는 회심의 미소를 짓고 병원주
의를 45바퀴나 돌고는 여기가 서울이라고 최규영에게 말했
다.

　주위를 살펴 본 최규영이 갑자기 화를 내며 운전사의 뺨
을 때리며 말했다.

　"여기가 서울이야! 대구지!"

정신병원에서 탈출

    정신병원에 입원하니 일 분 일 초도 틀리지 않고 반복되는 지루한 생활, 마침내 최규영은 정신병원에서 탈주하기로 결심했다.

    D데이.

    최규영은 시트를 찢어서 길게 묶어 창밖으로 늘어뜨렸

다. 보는 사람이 없나 주위를 살핀 후 줄을 타고 내려가던 최규영은 황급히 다시 올라왔다.

"안 되겠어. 너무 짧아."

최규영은 속옷이건 뭐건 눈에 띄는 건 뭐든지 꺼내서 묶었다.

"살금살금"

줄을 타고 내려가던 최규영이 또 다시 올라왔다.

"역시 안 되겠어. 이번엔 너무 길잖아."

정신병원에서 독서

드디어 최규영이가 퇴원을 하여 신문사에 컴백하게 되었다.

성공적인 컴백을 하고는 스스로 감개무량해진 최규영이는 정신병원으로 놀러갔다.

오늘도 그 벤치에서 한때 정답게 지냈던 동료 환자가 두꺼운 책을 보고 있었다.

최규영: 뭘 그리 읽나?

동료환자: 이 책은 등장인물은 많은데 줄거리가 없어.

그 말에 최규영도 유심히 내용을 훑어보았다. 그리고 질 새라 한마디 했다.

최규영: 정말 그렇군. 그저 나열식이야. 산만하기 그지
　　　　없군 그래.

그때 현관에서 간호사의 소리가 들려왔다.

"여기 있던 전화번호부책 보신 분 없으세요?"

정신병원에서 도와주세요

"선생님, 제발 저를 좀 도와주세요."

무슨 영문인지 정신과치료를 받기 위해 입원한 최규영이 다급한 듯 정신과의사에게 통사정했다.

"제 방 천정에는 수영복을 입은 S라인의 쭉쭉 빵빵 예쁜 연예인들 사진이 잔뜩 붙어있어요."

의사는 이해할 수 있다는 듯 따뜻한 미소를 띠며 말했다.

"너무 부끄러워하지 마세요. 남자는 나이가 많든 적든

다 그런 거니까요."

최규영은 머리를 가로저으며 괴로운 표정을 지었다.

"그게 아니구요. 전 항상 엎드려서 자기 때문에 그 사진들을 볼 수가 없거든요."

정신병원에서 전기 나갔잖아

　정신병원 의사가 회진을 하다 최규영의 병실을 들여다 보았다.

　병이 깊은 한 환자는 책상 위에 앉아서 팔을 올렸다 내 렸다하며 '나는 형광등이다.' 하고 소리치고 있었고 최규영 은 병이 호전된 듯 빗자루로 청소를 하고 있었다.

　의사가 흐뭇한 마음으로 최규영을 퇴원시켜도 되겠다고 생각하고 있는데, 형광등 사나이가 의사를 보더니 갑자기

이불을 뒤집어쓰고 누워버렸다.

　이때 최규영이 빗자루질을 딱 멈추더니 하는 말,

　"어! 전기 나갔잖아."

정신병원에서 뭘 몰라

정신병원에 입원한 최규영이 필사적으로 담을 기어오르고 있었다. 의사가 지나가다 그 광경을 목격하고 물었다.

의사: 거기서 뭘 하고 있는 거요?
최규영: 자기가 자동차라고 생각하는 얼간이가 쫓아와 도망치고 있습니다.

의사: 그렇다면 그냥 길을 따라 달아나지 하필 힘든 담
　　을 기어오르느라 애쓰십니까?
최규영: (눈을 부라리며) 아니 그럼 당신은 내가 자동차
　　에 치어 죽기를 바라는 겁니까?

정신병원에서 내가 언제 그랬어

정신병원에서 의사가 환자의 상태를 점검하러 다녔다.

여러 환자를 검진한 다음 마지막 방에 들어갔을 때이다. 키가 작달만한 환자가 조끼의 단추 사이에 한쪽 손을 넣고 근엄하게 서 있는 게 눈에 띄었다.

의 사: 당신은 누구죠?

환 자: 나는 나폴레옹이다.

의 사: 나폴레옹이라구요? 누가 그러던가요?
환 자: 하느님이 그러셨지.

다음 순간 옆방에서 최규영이 나오더니 환자를 꾸짖듯
말했다.
"내가 뭐라고 했다고."

진짜 미친놈

최규영은 친구와 만났다. 최규영은 싱글벙글 웃으면서 말했다.

"정신분열증이 뭔지 아니?"

"미친놈이지."

"정신분열증에 걸린 사람은 정신이 여러 가지로 분열되어 여러 인간이 등장하기 때문에 영화나 소설, 만화, 드라마, 그리고 시트콤이 만들어지지."

하고 최규영이가 미소를 지으며 말하자 친구는 눈이 충혈되더니

"너 이 자식 너 정말 미친 거 아냐? 너 입 잘못 나불나불거리다가는 정신병원으로 강제 납치되는 수가 있다구."

"아니 어디까지나 말이 그렇다니까!"

듣기 나름

오전에 최규영은 친구와 새로 취임한 시장의 취임사를 밖에서 듣고 있었다. 최규영과 같이 뒤에서 듣고 있던 친구는 한참 엉뚱한 생각을 하다가 시장님의 '……내 도시'라는 말은 또이 또이 들었다.

"규영아, 방금 시장님께서 내 도시라고 하셨지?"

하고 친구는 한 번 더 최규영에게 물었다.

"응."

"아니, 저 자식이 이 도시가 자기 거라면 내 고귀한 가게인 슈퍼마켓도 자기 거라 이 소린데 내 슈퍼마켓에 와서 막 처 먹을란가 저거."

"아니, 시장님의 말씀은 우리의 도시를 자기 것처럼 소중히 잘 가꾸어 나가겠다 이 말씀이겠지."

"그럼, 이 구역의 땅은 오늘부터 내 땅이다."

"그럼 얼마에 팔거니?"

"그것은 듣는 사람이 알아들어야지."

"아…… 이 국토는 소중한 우리의 국토라 이 말이로구나."

"그럼"

양심

    나이가 40살인 최규영은 교회의 청년회에 두근거리는 마음으로 갔다.

    왜냐하면 청년회에 스물세 살 된 외모와 성격이 완벽한 아가씨가 있었기 때문이다. 이 아가씨는 온순한 성격으로서 직업은 유치원 교사였다. 물론 나이 차이가 엄청나게 나지만 그래도 차여봐야 밑져야 본전이니까 대시나 해보기로 마음먹고 말을 걸려는 순간 옆에서 누가 말했다.

    "저 사람 노망났다!"

    그리하여 최규영은 자기에게 말한 것은 아니지만 가슴이 뜨끔하여 포기해 버렸다. 이제 최규영은 나이가 나이인만큼 교회는 계속 다니지만 청년회에는 나가지 않는다.

유효 기간

최규영이가 교회에 처음 나갔을 때 환대를 받았다.

최규영은 책장에 있는 성경책을 꺼내어 빌려서는 찬송가를 부르고 목사님의 설교를 마친 후에 성경책을 제 자리에 꽂아 두지 않았다.

같이 성경책을 책장에서 빌렸던 최규영의 친구가 말했다.

"왜 빌렸던 성경책을 제 자리에 꽂아두지 않니? 책장 위에 〈보신 후에는 제 자리에〉란 글자가 쓰여 있는데."

"기간이 표시 되어 있지 않잖아."

"아…… 그렇구나. 나도 성경책을 지금 꽂아두지 말아야지. 하하."

투철한 신고 정신

최규영은 같은 도시에 있는 교회를 여러 번 옮겼다.

한번은 어떤 교회에 가보니 밤 9시에 이상한 음악을 틀어 놓은 채

누구는 "까악 까악…… 계속 까마귀처럼 울었다."

누구는 "앉아서 계속 절을 하였다."

누구는 "계속 폴짝 폴짝 뛰었다."

누구는 "드러누워서 교주 목사님 만세! 교주 목사님 만

세! ……하고 계속 외쳤다.”

누구는 “서서 두 손을 번쩍 들면서 교주 목사님 만세!라고 계속 외쳤다.”

또 누구는 “데굴데굴 계속 굴렀다.”

누구는 “책상을 계속 손으로 쾅 쾅 두드렸다.”

기타 다른 사람 모두 제정신으로 보이지 않았으며 이 교회의 목사는 돈을 엄청나게 요구하길래 최규영은 사이비 교회라 생각하여 인근 헌병대에 신고했다.

흥정

　모처럼 즐거운 마음으로 바다 여행에 나선 최규영.
　"육지를 등지고 바다 건너 으쌰쌰 아싸라비야"
　그러나 이게 웬 일,
　배가 폭풍우를 만나 최규영을 제외한 모두가 바다에 잠겨 목숨을 잃고 말았다.

　허술한 뗏목에 식량도 물도 없이 간신히 목숨만 건진 최규영은 앞길이 막막하기만 했다.

"하느님 저를 살려주세요. 그럼 제가 이제까지 벌어놓은 재산 5분의 1을 드리겠습니다."

하지만 아무런 반응은 없고 배가 고파지기 시작하자 최규영은 다시 기도를 시작했다.

"하느님, 3분의 1을 바치겠습니다. 절 구해주십시오."

그렇지만 여전히 하늘의 징조 같은 것은 보이지 않았다.

"에이, 하느님, 절 구해주시면 전 재산의 절반을 내놓겠습니다."

역시 조용. 그래서

"하느님, 제 재산을……."

하고 기도하려는데 멀리서 주저선이 보이는 게 아닌가.

"하느님, 이제까지의 거래는 없었던 걸로 합시다. 으허허허."

난 죄 없어

최규영이 살고 있는 마산의 어느 동네에는 하루도 거르지 않고 비가 내려 대홍수가 났다.

마을사람 모두가 짐을 챙겨 피신했지만 최규영은 떠나지 않았다.

하느님을 절실하게 믿는 최규영은 집이 비에 잠겨 가는데도 하느님이 구해줄 거라며 기도만 올렸다.

"애애앵~~앵~~앵"

마침내 경찰차가 와서 같이 가자고 졸랐다.

"곧 하느님께서 구해 주실꺼요."

최규영은 단호히 거절했다.

드디어 집안에 물이 가득 찼다. 최규영은 지붕으로 올라가 기도를 계속했다.

"하느님 제발 구해주세요."

그때 보트를 탄 경찰이 왔으나 최규영은 하느님이 도울 것이라며 막무가내였다.

마침내 최규영의 목 주위까지 물이 차올랐다.

"두두두두~~"

이번에는 구조 헬기가 왔으나 최규영은 역시 거절했다.

끝내 최규영은 물에 빠져 죽었다. 저승사자를 따라 하늘 나라에 간 최규영은 다짜고짜 하느님께 따졌다.

"제가 그렇게 빌었는데 왜 도와주지 않으셨죠?"

그러자 하느님이 하는 말

"난 아무 죄가 없다. 분명 내가 차랑 보트랑 구조헬기를 보냈는데 왜 거절했느냐?"

믿는 사자에

최규영이가 아프리카 사파리 여행 중 한 무리의 새끼사자들이 너무 귀여워 차에서 내려 다가갔다. 이걸 본 어미사자가 쏜살같이 달려왔고, 놀란 최규영이는 냅다 도망치면서 급한 김에 마음속으로 기도를 했다.

"하느님 아버지, 부디 저 사자가 신자가 되게 하여 주시옵소서!"

잠시 후 뒤가 조용한 것 같아 돌아보니 쫓아오던 사자가 멈춰 서서 엄숙하게 기도를 하고 있었다.
최규영이 너무 기쁜 나머지 다시 기도를 드렸다.

"하느님 아버지, 저의 기도를 들어주셔서 쌩유 베리 감사~!"

그때 기도를 끝낸 사자가 엄청난 속도로 달려와 최규영의 다리를 덥석 잡았다. 놀란 최규영이는 사자에게 물었다.
"아니 하느님의 신자가 되어 아까 기도를 했으면서 왜

그러십니까?"

"기도 했지, 이렇게! 하늘에 계신 아버지, 오늘도 일용할
양식을 주신 것을 감사드리옵나이다. 아멘."

기적

최규영이 해외여행을 하고 돌아오는 길에 위스키를 사서 페트병에 담고는 몰래 공항을 빠져나오다 수상쩍은 액체가 담긴 페트병을 들고 서 있는 것을 본 세관원은 최규영이를 유심히 바라보다 결국 불러 세우고 물었다.

"이 병에 든 건 무엇입니까?"

최규영은 엄숙한 표정을 지으며 말했다.

"로마의 신부님에게서 얻은 성스러운 물입니다."

세관원은 고개를 갸웃거리며 페트병 뚜껑을 열고 냄새

를 맡아보았다.

성스러운 물(?)에서는 독한 술 냄새가 풍겼다. 맛을 보아도 술맛이 틀림없었다.

"그런데 왜 이 물에서 위스키 냄새가 나지요?"

그러자 최규영은 갑자기 무릎을 꿇고 앉아 눈물을 흘리며 말했다.

"아아! 드디어 신께서 기적을 보내주셨군요!"

죽기도 힘들어

최규영은 도저히 정신적 고통이 감당이 안 되어 날카로운 유리조각으로 손목을 그어 동맥을 파손시켜서 자살을 시도했다.

그런데 드라마에서는 유리조각으로 딱 한 번 그으니까 바로 죽더니 최규영은 아주 심각한 마음으로 세 번이나 그어도 피만 조금 나고 말았다. 그러나 손은 마비되었지만 치료 후 95% 원상복구 되었다.

두 번째는 물에 빠져 죽어야 되겠다고 매일매일 눈물이 나도록 고민했다. 그리하여 하천 위에 둥둥 떠 있는 죽은 붕어를 보았을 때 너무 부럽고, 고마워서 눈물이 났다.

붕어는 살짝 건져 와서는 일단 집에서 요리하여 맛있게 먹었다.

세 번째는 최규영도 고층아파트에서 뛰어내려야 되겠다고 결심하여 20층의 아파트에 용감하게 올라갔다.

그리하여 최규영은 20층의 허리만큼 오는 담에 한쪽 다리를 올려 밑으로 떨어지려고 있는 힘껏 몸을 앞으로 밀었는데 앞으로 떨어지지 않고 뒤로 떨어졌다.

"휴! 죽기가 이렇게 힘들어서야 사람이 살 수가 있나!"

군대의 추억 ROTC 최규영

초등학교 때에 최규영은 작은 군인인형 장난감, 건전지를 넣으면 저절로 가는 탱크 장난감, 전투헬기 장난감 등을 가지고 신나게 놀았다.

중학교 때에 최규영은 별 마크의 악세사리를 사서는 옷의 여기저기에 3개를 잠깐 달고 다녔다.

고등학교 3학년이 되자 어디로 진학을 할 것인가 고민 도중에 진학수첩을 보게 되었다(1989년도).

육군사관학교: 졸업 후 소위 임관 의무복무 5년
　　　　　　　체력이 튼튼해야 함.
　　　　　　　무료 교육
　　　　　　　1달에 11만 원 정도의 보조금 지급

그리하여 최규영은 담임선생님을 졸라서 육군사관학교에 시험을 쳤지만 1차 학과시험부터 떨어졌다.

고등학교 시절에 TV 코미디 프로인 〈내무반 내무반 우리 내무반〉을 재미있게 보았었다. 이 프로에 정말 사람의 얼굴이 메기하고 닮은 별명이 메기인 개그맨이 나왔다.

육사에 떨어지자 이번에는 성적이 낮은 해군사관학교에 도전하기 위하여 운동과 공부를 열심히 하여 모든 준비를 마쳤지만 1차 필기시험은 합격했는데 신체검사에서 떨어졌다.

시력이 0.2 이상 되어야 하는데 최규영은 0.1이라 안경점의 눈판을 외우고 갔지만 다른 눈판이 나와 버리는 바람에 헷갈려했다.

해사에 성적우수자는 0.1 이상이었다. 최규영이 육사와 해사 생도를 보니 제복이 멋있게 보이기는 했다.

최규영은 수준 낮은 대학교에 가서 캠퍼스 내를 딱 보니 베레모를 쓰고 제복을 입은 사람이 왔다갔다 하길래 친구에게 궁금한 표정으로 물었다.

"저 군바리같이 보이는 저거는 뭐지?"

"아니 그것도 몰라, ROTC 장교 후보생이야."

"어, 그러면 군대에 소위로 간다 이 말인데 나는 우리나라에 육군 소위는 모조리 육군사관학교를 나와야 되는 걸로 알고 있었는데…… ROTC 장교후보생의 제복을 보니 저거 폼 나네 저거!"

그러던 중 어느 날 게시판에 공고를 보게 되었다.

〈미래를 위한 선택 – 군장학생 모집〉
군장학금 지급
대학 졸업 후에 군사교육을 받은 후 학사 장교로 임관
제대 후에 군무원으로 이동하기 아주 쉬움
의무복무 7년과 6년(대위까지 진급시험 없이 자동진급)
'이거 학사장교도 있네 이거!'
매우 놀란 최규영은 그길로 시험을 쳐서 합격하여 군장
학생이 되었다.
"야~ 나는 드디어 자랑스러운 대한민국의 소위 장교로
간다!"
하고 최규영은 주위 친구들과 선배님들에게 자랑하고
다녔지만 축하해주는 사람은 별로 없었다. 오히려 친구 한
명이 걱정스럽다는 듯이 말했다.
"군대도 사람 사는 곳이니까 잘 생활해 보라구."

그리하여 최규영은 다시 생각해 보았다.

　'아니 수준 낮은 4년제 대학교를 졸업하여 의사나 학교 교사, 9급 공무원, 경찰, 하사관 이외에는 별로 할 것이 없는 것으로 보이던데. 장교는 무료 군인아파트, 소위는 7급 공무원 수준이며 최고의 병원은 아니지만 국군종합무료병원도 있는데…… 아니 이 자식들이 내가 잘되는 것이 셈나나?'

인기맨 최규영

　최규영은 대학교 1학년 2학기 때에 즐거운 군장학생들의 페스티벌에 참가하게 되었다.

　군장학생 선배님께서 예쁜 아가씨 학생 한 명을 최규영에게 붙여 주어 재미있게 놀았다.

　최규영의 친한 동기는 별명이 '나르는 돈가스'인데 이 페스티벌에 무조건 자기의 파트너 아가씨를 데리고 와야 한다고 해서 다방 아가씨를 돈으로 사듯이 하여 데리고 왔다. 그러나 아가씨의 성격이 더러운지 페스티벌이 끝날 때까지 오직 침묵으로 일관했다.

　군장학생을 하니 최규영은 국가로부터 장학금도 4년제 국립대학교 전 학년의 등록금보다 조금 더 많이 받았다.

　그리고 최규영은 2학년 때에 군장학생 동기 2명과 같이 시험을 쳐서 ROTC 장교 후보생이 되었다.

　3학년인 최규영은 ROTC 무관 축제 때에 '포크 댄스', '액션 에어로빅', '개그', '연극' 기타 등의 장기자랑을 대강의실 앞의 무대에서 하게 되었다.

　그리하여 최규영은 애인이 있으면 당연히 애인과 즐겁게 춤을 추는 포크 댄스에 참가하였겠지만 애인이 없어서

'액션 에어로빅'의 연습에 참가했다.

참가하고 보니 발가락에 엄청난 상처가 있었던 탓에 '연극'팀에 참가하여 연습을 했다. 드디어 ROTC 무관 축제 때에 연극공연이 시작되어 수많은 대학생들이 관람을 하게 되었다. 이때 최규영은 대사 몇 마디를 하고 TV의 별명이 '물방개'인 인기 개그맨 양종철의 춤을 흉내 내어 췄다. 그러자 관객들의 반응은 매우 폭발적이었다. 여기저기서 와! 와! 하고 난리였으며 꽃다발과 호빵 그리고 초코파이들이 무대의 최규영에게로 날아왔다. 최규영은 자기가 무슨 최고 스타의 연예인이 된 듯한 느낌이었다. ROTC 학군단의 교육장교인 대위도 너무 즐거워서 입을 다물지 못했다.

무관축제가 끝난 다음날엔 최규영은 같은 회계학과의 예쁜 여학생으로부터 장미꽃 한 송이도 받았다. 그리고 이 아가씨와 눈이 맞아 곧바로 러브호텔로 가서 한 편의 에로틱한 애로 영화를 찍었다.

대학교 4학년 때에는 ROTC 학군단 건물이 산 밑에 새로 지어졌으며 연병장도 생겼다. 그런데 연병장이 처음 생긴 것이라 작은 돌이 아주 많았으며 잘 다듬어져 있지 않았다.

그리하여 대위인 교육장교의 명령으로 최규영과 ROTC 동기 49명은 전투복을 입은 채 낮은 포복으로 벌레처럼 왔다갔다 하며 연병장을 다듬었다.

육군소위 최규영

소위로 임관한 최규영은 보병군사학교에서 군사교육을 받았다.

최규영은 많은 동기들과 산속으로 행군하여 가서는 군사이론교육장에 수많은 동기들과 함께 군사이론을 배우기 위하여 맨 뒤에서 자리에 앉으려고 허둥거렸는데 본보기였는지 앞의 무서운 대위인 교육장교에게 불려나가서 지휘봉으로 딱 한 대 맞았다.

재수 없게 맞은 소위 최규영은 맞은 자리가 시퍼렇게 멍이 들고 말았다. 그러나 이 사건이 어찌 어찌 소문이 퍼져 딱 한 대 때린 교육장교는 재수 없게 보직이 무척 힘든 곳으로 가버렸다. 오히려 최규영이가 죄송한 느낌을 가졌다.

산에서 소대전투 훈련을 액션으로 받고 있을 때의 일이었다. 전우들이 힘들게 훈련을 받고 있는데 소위 전우 한 명이 입에 개거품을 물고 쓰러져 버렸다. 매우 놀란 대위 교육장교는 주위의 전우들에게 소리쳤다.

"누가 당장 물 좀 내놔라!"

주위의 전우들 중에서 최규영 소위가 제일 먼저 잘한 일인지는 잘 모르겠지만 수통을 교육장교에게 주었다. 그런

후에 최규영은 훈련을 계속 받는 도중에 목이 말라서 논과 논 사이로 내려오는 개울물을 개구리와 같이 먹어야했다.

　이제 유격훈련을 받을 때의 일이었다. 최규영이가 두줄 타기를 하늘에서 무서움으로 둘러싸여서는 옆으로 이동하고 있는데

　끝의 대위인 교육장교가 줄을 사정없이 마구마구 흔들자 최규영은 교육장교가 듣지 못하도록 아주 작게 투덜거렸다.

　'아니 저 자식이 미쳤나! ROTC 장교후보생 체력시험을 칠 때에 턱걸이 두 개하고 배치기 5개 하여 7개 한 나를 …… 으……으악!'

　하고 최규영 소위는 날개도 없이 추락했다. 그 당시에는 아무 생각이 없었다. 그런데 밑에 그물망이 쳐져 있어서 살

았다.

 '진작에 밑에 그물망이 있다고 가르쳐 주었으면 내가 너에게 욕은 안했지. 같이 고생하는 처지에 하하하.'

 다음은 유격대 고공낙하 훈련이었다. 먼저 교육장교가 멋있게 시범을 보였다. 교육장교는 쌩

 내려오면서 산이 떠나갈 정도로

 "유격대!"

 하고 외쳤다. 최규영 소위는 무릎이 아파서 환자조에 끼어 있었으며 이 유격대 고공낙하는 턱걸이 5개 이상 되어야 할 수 있었다.

 그런데 최규영과 환자조 전우들이 참호 격투, 수직 낙하 (물에 퐁당), 기타 여러 가지의 유격 훈련을 받던 중 어찌된

건지는 잘 모르겠는데 갑자기 최규영 소위의 앞에 환자 소위 전우가 1명밖에 없었다.

그리하여 최규영은 이 전우를 따라가게 되었다.

그런데 이 전우가 큰 소리로 "유격대" 하고 외치면서 고 공낙하를 하였다. 최규영은 턱걸이를 두 개 하는데

'나는 이거 하면 안 되는데……'

하고 생각은 하였지만 뭔가 바쁜 과정이라 최규영도 고 공낙하를 하기 시작했다. 손잡이에 물기도 있어서 미끄러 웠는데 지금 생각해보니 그때 쌩 내려오면서 왜 손잡이를 놓지 않았는지 모르겠다.

어느 영화처럼 막상 죽을 위기에 처하면 +a의 힘이 생긴 다는 것이 사실이었다. 밝을 때 여러 가지 고된 유격 훈련 을 하는 것도 모자라서 저녁을 먹은 후에는 무거운 완전군 장을 한 채 다음날 아침까지 큰 산을 오르락내리락 오르락 내리락…… 이른바 묻지 마 행군을 하였다.

하나만 먹어

군사학교에서 교육을 받던 어느 날 최규영은 저녁 때 돈 가스 반찬이 나온다는 소식을 듣고 기뻐하며 냉큼 달려가 줄을 섰다.

한참동안 기다리는데 앞에서 사람들이 웅성거리는 소리를 들어보니, 돈가스를 1인당 2개씩이나 나누어 준다는 것이었다. 대신 소스는 없다고 했다. 부식병이 부급 받을 때 돈가스 한 박스와 소스 한 박스를 가지고 와야 하는데, 실수로 돈가스만 두 박스를 가져온 것이었다.

최규영은 돈가스 두 쪽을 우적우적 씹으며 불평했다.

"어우 느끼해. 이런 걸 어떻게 먹으라는 거야 진짜!"

같은 시간, 옆 부대에서는 동기인 명수가 울면서 소스 병으로 나발을 불고 있었다.

누나의 가슴

최규영이 군사학교에 입교하여 내무반에 들어가자마자 짓궂은 선배들의 질문 공세가 시작되었다. 첫 경험은 있느냐, 몇 가지 자세로 해 봤느냐 갖가지 원초적인 질문을 받다가 마지막에는 누나가 있냐는 질문을 받았다.

그러자 최규영이는 의기당당하게 큰소리로 말했다

"있습니다!"

"예쁘냐? 키는?"

"미스코리아 뺨칩니다. 완전 S라인인데다 그리고 168입니다."

그러자 흥분한 어느 선배 왈
"너희 누나 가슴 크냐?"
"예! 큽니다."
더 흥분한 선배 왈
"봤나?"
"예? 몰래봤습니다!"
"언제 봤는데?"
그러자 최규영 왈,
"조카 젖 줄 때 봤는데요."

화기소대장 최규영

최규영 소위는 지옥의 장교 훈련을 마치고 어느 중대 부대의 화기소대장으로 근무하게 되었다.

최규영의 중대에는 40대로 보이는 계급이 상사인 행정보급관이 있었다.

이 행정보급관은 꼭 옛날의 사또 밑의 이방처럼 보였는데 글쎄 어느 달에는 행정보급관의 월급명세서를 보니 상관인 소위 최규영보다 월급이 훨씬 많았다.

'이게 뭐야 이거! 고등학교 시절에는 하사관이란 직업은 직업명부에도 끼어 있지 않았는데……'

아무튼 최규영 소대장은 행정보급관과 친구처럼 아기자기하게 잘 지냈다. 놀랍게도 하사관의 월급이 9급 공무원 수준이었다.

원위치

　최규영이가 화기소대장으로 열심히 근무를 하고 있는데 어느 날 중대장이 불렀다.

　"화기소대장? 자네 소대에 김덕구 이병이 있지?"

　"네, 그렇습니다."

　"지금 김 이병에게 좋지 않은 소식이 있네, 그 부인이 고무신을 거꾸로 신고 미국으로 갔네, 자네가 김 이병이 충격 받지 않도록 그 사실을 잘 좀 전해주게."

　"네. 잘 알겠습니다."

최규영 소위는 부대로 돌아가서 전 소대원들을 집합시켰다. 그리고는

　"지금, 한국에 아내가 있는 사람들은 앞으로!"

　소대장인 최규영 소위의 말이 끝나자 몇몇의 병사와 김덕구 이병이 앞으로 나왔다. 이를 본 최규영 소위가 하는 말

　"김 이병 자네는 아니야, 원위치."

확실한 위병조장

최규영이 화기소대장으로 근무하던 중에 부대에서는 최규영 소위에게 위병소 근무를 하도록 명령하였다.

그 길로 위병소로 파견 나와 위병조장이 된 최규영 소위, 그때 갑자기 지프차 한 대가 위병소 정문으로 쏜살같이 들어오고 있었다. 손을 들어 차를 세운 최규영 소위는 물었다.

"실례지만 누구십니까?"

"연대장이다."

"죄송합니다. 출입허가 스티커가 붙어 있지 않으면 출입을 허가할 수 없습니다."

그러자 대령 계급장을 단 연대장은 화가 나 급한 어투로 운전병에게 말했다.

"빨리 몰아! 시간이 없다."

그러자 최규영 소위는 연대장 곁으로 다가가 조용히 말했다.

"저는 처음 근무라 잘 몰라서 그러는데요, 출입허가 스티커가 붙어 있지 않은 차량에 대해서는 발포하라는 전통을 받았는데, 운전병을 향해 쏠까요. 아니면 대령님을 향해 쏠까요?"

1대 1

야외 훈련을 나가자 중대장이 명령했다.

"병사들이여, 적군은 우리 군사와 똑같은 병력이다. 알았는가! 한 사람이 한 사람씩 죽일 각오로 싸우라!"

그러자 한 병사가 용감하게 가슴을 펴 보이고 말했다.

"저는 두 사람을 맡겠습니다."

옆에 있던 소대장 최규영이가 말을 받아 말했다.

"그럼 저는 돌아가게 해주십시오."

진실 혹은 거짓

어느 날 부대에서 최규영을 비롯하여 9명의 소위들이 외출을 나갔다.

소위들은 복귀 시간에 아무도 나타나지 않았고, 1시간이 지난 후에야 한 명이 나타났다.

부대장이 화가 나서 왜 늦었냐고 다그치자 소위가 변명했다.

"죄송합니다! 오늘 데이트가 있었는데, 버스 시간을 놓쳤습니다.

택시를 잡아탔는데 고장이 났고, 농장에서 말을 한 마리 빌려 탔는데 달리다가 길에 쓰러져서 죽었습니다. 그래서 10km를 뛰어오느라 늦었습니다!"

부대장은 더욱 믿어지지 않았지만, 첫 번째 소위를 그냥 들여보냈기 때문에 어쩔 수 없이 두 번째 소위도 들여보냈다. 그런데 그 뒤로 나타나는 소위들이 전부 똑같은 변명을 했고, 마지막 최규영 소위가 들어왔다.

"죄송합니다! 오늘 데이트가 있었는데, 버스 시간을 놓쳤습니다. 택시를 잡아탔는데……."

그러자 부대장이 말을 끊으며 말했다.

"내가 맞춰볼까? 택시가 고장 났지!"
그러자 최규영 소위가 대답했다.
"아닙니다! 길 위에 죽은 말들이 너무 많아서 피해 다니
느라 늦었습니다!"

조용히 살려면 죽여!

최규영이가 소대장으로 근무하여 반복된 생활로 세월이
흐르니 왠지 지겨워지는 것이었다.

그러던 중 대학교 때 전공이 수의과였던 친구를 만났다.
이 친구는 군장학생의 시험에 합격하였고 열심히 노력
하여 수의장교가 되었다.

오랜만에 만난 최규영이는 친구에게 물었다.

"잘 지내고 있나?"

"그럼, 나야 매일 같이 개들과 놀고 있지!"

"야! 부럽다 부러워. 그거 완전 특과네."

친구는 으스대며 목에 힘주고 말을 잇는다.

"그럼! 우리 군견의 병을 고치는 수의장교는 대령까지
자동 진급이 되지. 가끔 성질 더러운 놈을 만나면 시끄러워
그게 좀 고통스럽지."

그러자 최규영이 왈,

"그럼 조용히 좀 살려면 죽여!"

잔꾀

어느 날 최규영 소위가 여자를 소개받아 데이트를 하던 도중 부대의 사격 훈련장 옆을 지나게 되었다. 둘이서 한참 재미있게 이야기를 나누며 걷고 있었는데 갑자기 '탕탕탕' 하는 총소리가 들렸다.

그 소리에 깜짝 놀란 여자는 자기도 모르게 최규영 소위의 품에 안겼다. 그러자 최규영 소위는 흐뭇하게 웃으며 말했다.

"우리~ 대포 구경하러 가자!"

언젠가는 사 줄 거지?

다섯 살 꼬마 최규영은 오토바이만 보면 좋아서 어쩔 줄 몰랐다.

어느 날 아버지와 함께 길을 가다가 유난히 마음에 드는 오토바이를 발견한 최규영은 아버지에게 말했다.

"아빠! 저 오토바이 멋있지! 나중에 나 크면 저거 사 줄 거지?"

그러나 최규영의 아버지는 오토바이가 매우 위험하다고 생각해서 거절했다.

“안 돼. 내가 살아 있는 동안 절대로 사 줄 수 없어.”

최규영은 한동안 시무룩하게 있다가 갑자기 얼굴이 환해지며 말했다.

“그럼, 아빠 죽으면 살게!”

초등학교 사랑의 추억 비극

초등학교 2학년 시절에 최규영은 여러 친구들과 땅에 개 뼈다귀의 큰 그림을 그려 놓고 게임을 하기 전에 그냥 아는 동급생 여학생인 이은민이가 보이지 않는다고 말하자 금방 동네에 최규영은 이은민을 짝사랑한다는 소문이 퍼져 버렸다.

초등학교 6학년 시절에는 학교에서 남자는 남자끼리 여자는 여자끼리 짝이 되어 생활을 하다가 갑자기 선생님께서 남자와 여자를 짝으로 확 바꾸어 버렸다. 그러나 키가 제일 컸던 최규영은 맨 뒤에 앉게 되었는데 하필 여학생 1명이 모자라서 남학생하고 같이 앉게 되었다.

일기

x월 x일 x요일 날씨: 흐릴까말까 에라, 흐리자

정말 너무 억울해 잠도 안 옵니다. 왜냐하면 오늘 선생님은 "돌다리도 두들겨 보고 건너라"고 말씀하셨기 때문에, 집에 오는 길에 마산대교를 두들겨보느라고 새벽 2시가 되어서야 집에 올 수 있었습니다. 그런데 엄마가 화를 내며 막 때렸습니다. 쬐그만 놈이 늦게 다닌다고…… 정말 죽도록 맞았습니다.

에이, 다시는 학교에 가나봐라.

효율적인 교육

자식이 큰 인물이 되길 바랐던 최규영이의 어머니는 새로운 담임선생이 호랑이라는 소문을 듣고 선생님에게 편지를 썼다.

"제발 제 아들 규영이는 때리지 말아 주십시오. 그 애는 대단히 예민하거든요. 대신 옆에 있는 인철이를 때려 주세요. 그러면 규영이는 겁먹고 말을 잘 들을 것입니다."

황새의 선물

어느 날 초등학교에 다니는 최규영이가 아빠에게 물었다.

"아빠 나는 어떻게 해서 생겨났어요?"

"황새가 데려다 주었단다."

"그럼 아빠는?"

"아빠도 황새가 데려다 주었지."

"그럼 할아버지도, 증조할아버지도 황새가 데려다 주었나요?"

"그럼, 모두 황새가 데려다 주었지."

이튿날 학교에 간 최규영이는 작문시간에 이렇게 썼다.

'아빠의 증언에 의하면 우리 집안은 증조할아버지 때부터 3대에 걸쳐 성행위가 없었던 것 같다.'

시험 시간에

최규영이가 초등학교에 다닐 때 일이다.

하루는 미술 시험시간에 '생각하는 사람'을 만든 조각가의 이름이 무엇이냐는 문제가 나왔다. 시험공부를 하지 않은 최규영은 걱정이 태산이었다.

평소 공부를 잘 하는 민지는 '로뎅'이라고 자신 있게 썼다. 민지의 짝 맹구는 그대로 베껴 쓸 수 없어 '오뎅'이라고 썼는데 맹구의 답을 본 최규영은 똑같이 쓰면 선생님한테

혼날까봐 고심고심한 끝에 회심에 찬 미소와 함께 답을 작성했다.

"덴뿌라"

다음은 사회시험을 보는 시간.

지난번 미술시험에서의 창피함을 벗고자 부단히 노력했던 최규영은 이 시험을 잘 보려고 하였다. 문제는 아프리카에 사는 인종을 쓰라는 것이었다.

우등생 민지는 '흑인종'이라고 썼다. 병팔이는 그대로 쓸까 하다가 '검둥이'라고 썼고, 맹구는 '깜디'라고 썼다. 한참을 골똘히 생각한 최규영은 부시맨을 떠올려 자신 있게 답을 썼다.

"새깜디"

정직한 아이

최규영이 다니는 초등학교에 장학사가 시찰 오기로 되어 있었다. 담임선생님이 장학사가 할 질문을 미리 아이들에게 일러두었다.

"현정아, 너는 맨 앞줄에 있으니까, 장학사님이 누가 너를 만들었지 하고 물으실 거야, 그러면 하나님입니다 하고 대답해라. 그리고 최규영이는 둘째 줄에 앉았으니까 우리를 길러주시는 건 누구지 하고 물으실 거야, 그러거든 아버지와 어머니입니다 라고 하란 말야, 알겠지?"

드디어 그날이 되어 장학사가 교실에 들어왔다. 그런데 공교롭게도 현정이는 화장실에 가고 없었다. 그래서 장학사는 최규영이에게 물었다.

"누가 너를 만들었지?"

"아버지하고 어머니가 땀 흘려서 만들었습니다."

"하느님이 아니고?"

"하느님이 만드신 애는 화장실에 갔어요."

지랄합시다

늦은 밤 최규영이 화장실을 가는데 엄마와 아빠가 막 싸우고 있었다. 그런데 최규영이 전혀 알아들을 수 없는 말들이 오고 갔다

다음날 학교에 간 최규영은 선생님께 '이년', '이놈', '지랄하네'가 무슨 뜻인지 물어 보았다. 그랬더니 선생님은

"이년은 여자를 말하는 것이고 이놈은 남자. 지랄하네는 기도라는 뜻이다."

라고 얼버무렸다

며칠 후 소풍을 가서 싸가지고 온 점심을 먹으려고 학부모와 학생들이 모여 있는데 최규영이 앞에 서서 기도를 하게 되었다.

"이년, 이놈 다 같이 지랄합시다."

욕쟁이 초딩

초등학교 3학년이 되자 최규영은 어디서 배워 왔는지 욕을 무척 잘했다. 최규영이 입만 벌리면 욕을 해대는 바람에 선생님은 언제나 마음이 아팠다. 그러던 어느 날 학부모가 참관하는 공개수업의 날이 다가왔다. 선생님은 최규영이가 입을 벌려서 수업을 망칠까봐 불안했다. 마침내 공개수업을 하는 날이 왔고 학부모들이 교실 뒤편에 모두 서 있었다. 수업이 시작되고 선생님은 아이들에게 단어 맞추기 문제를 냈다.

"여러분 'ㅂ'으로 시작하는 단어는 뭐가 있죠?"

모든 아이들이 손을 들었다. 욕 잘하는 최규영 역시 손을 들었다. 선생님은 절대 최규영이 만큼은 시키고 싶지 않았다.

"그래서 재석이 학생 대답해 봐요."

"바다요."

"네. 바다가 있군요. 잘했어요. 그럼 'ㄱ'으로 시작하는 단어는 뭐가 있을까요?"

다시 모든 학생들이 손을 들며 '저요'를 외쳤다. 역시 최규영도 손을 높이 들며 '저요'를 외쳤다. 선생님은 이번 역시 최규영이 만큼은 시킬 수가 없었다.

"거기 형돈이 학생 대답해 봐요."

"강이요. 흐르는 강이요."

"네, 잘했어요."

선생님은 신이 나고 자신감이 붙었다. 자신이 가르친 학생들이 자신의 리드에 잘 따라와 준 것이 너무 감사했다.

"자, 그럼 마지막으로 하나만 더 할까요. 'ㅎ'으로 시작하는 단어는 뭐가 있을까요."

하지만, 그 순간에는 모두들 침묵이었다. 선생님은 순간

적으로 당황했다. 바로 그때 욕 잘하는 최규영이만 손을 들고 있는 것이 아닌가?

　"그래요. 최규영 학생. 'ㅎ'으로 시작하는 단어는 뭐가
　있죠?"

　"하룻강아지요!"

　자신감이 붙은 선생님은 최규영에게 그 뜻도 물어보았다.

　"하룻강아지가 무슨 뜻이죠?"

　그러자 최규영이 왈,

　"졸라 겁대가리 짱박은 개새요!"

사자가 무서워하는 것

최규영이가 초등학교 5학년 가을에 동물원으로 소풍을 갔다. 사자우리 앞에 이르자 선생님은 아이들을 세워 놓고 물었다.

"자, 여러분! 세상에서 가장 무서운 동물은 무슨 동물이죠?"

그러자 아이들은 일제히 소리쳤다.

"사자요!"

선생님은 박수를 치면서 다시 물었다.

"잘했어요! 그렇다면 사자가 가장 무서워하는 동물은 무엇일까요?"

선생님의 질문에 아이들이 선뜻 대답하지 못하고 망설이고 있는데, 갑자기 맨 뒤에서 구경하고 있던 최규영이가 소리쳤다.

"암사자요!"

주번은 어떤다냐?

"불이야~"

최규영이 다니는 초등학교에 불이 났다.

선생님은 아이들을 안전하게 대피시키고 모두 무사한지 인원을 점검하였다. 그런데 사람이 모자라는 것이었다.

최규영이었다. 걱정이 된 선생님이 건물을 보았을 때는 이미 교실 안쪽에까지 불길이 치솟고 있었다.

그때, 갑자기 창문이 깨지더니 불 속에서 웬 손 하나가 불쑥 튀어나왔다. 최규영이었다.

"선생님~ 주번인데 나가도 되나요?"

동메달

　최규영이가 합기도를 배운 다음에 시합에 참가하게 되었다. 그리하여 최규영은 번쩍 번쩍 동메달을 땄다. 그리고는 친구와 가족, 친척, 동네이웃, 심지어 학교 선생님에게까지 자랑을 하고 다녔다. 그런데 진실을 파헤쳐보면 합기도 시합에 참가한 인원은 3명이었다.

인과응보

    남자들만 바글바글한 중학교로 진학해서는 키가 자라지 않았다. 남자들만 바글바글한 중학교와 고등학교 시절의 주요 행동반경은 학교, 도서관, 집, 오락실, 만화방, 극장이었다.

    어느 날 고등학교 국어시간.

    한용운의 "님의 침묵"에 대해 수업을 하던 선생님이 불교에 대해 설명하셨다.

    "불교에는 인과응보라는 게 있어요. 자기가 한 일에 대해서는 꼭 그에 따른 대가가 주어진다고 해요. 반장이

예를 들어 봐라."

"예. 하찮은 벌레를 죽이면 나중에 벌레로 태어나고 개를 죽이면 개로 태어납니다."

선생님이 흐뭇한 표정으로 "맞았어요."하고 계속 수업을 하려는 순간, 갑자기 최규영이 손을 번쩍 들고 일어났다.

"그럼 사람을 죽이면 사람으로 다시 태어나나요?"

공포의 수학 시간

최규영은 수학수업이 시작되기 전에 꼭 발을 씻는 버릇이 있었다.

처음에는 대수롭지 않게 여기던 친구들도 계속되는 최규영의 행동에 의문을 품게 됐다. 급기야 수학선생님의 귀에도 들어갔다.

수학선생님은 진상규명을 위해 최규영을 불렀다.

"최 군, 왜 내 시간이면 항상 발을 씻나?"

쭈뼛쭈뼛 망설이던 최규영이 하는 말.

"우리 엄마가 잠자기 전에는 꼭 발을 씻으라고 했거든요."

버릇

고등학교 3학년인 최규영이 반 친구 2명과 함께 화장실에서 담배를 맛있게 먹고 있었는데 갑자기 담임선생님이 들이닥쳤다.

다행이 셋은 문소리와 동시에 담배를 껐기 때문에 선생님은 증거포착에 실패했다. 심증이 생긴 선생님은 셋을 교무실로 데리고 가서 회심의 미소를 짓고 막대기사탕을 차례로 먹이기 시작했다.

영문을 모른 채 맨 먼저 사탕을 먹은 친구는 사탕을 아주 맛있게 먹다가 두 손가락 사이에 사탕의 손잡이를 끼우더니 먹다 말고 '후' 불고 먹다가 담배 전력이 드러나 죽기 직전까지 얻어맞고 교실로 돌아갔다.

두 번째 친구는 선생님의 작전을 간파하고 사탕을 입에 물고 잘 먹었는데 그만 도중에 자꾸 창밖으로 사탕을 털었다.

그 친구도 죽도록 얻어맞고 교실로 갔다.

운 좋게 마지막으로 사탕을 먹게 된 최규영은 신경을 집중, 손가락사이에 사탕을 끼지도 않았고 사탕을 먹다가 털지도 않았다.

그러나 이렇게 조심스럽게 사탕을 다 먹었을 즈음 교감 선생님이 교무실로 들어오는 소리에 최규영은 황급히 입에서 사탕손잡이를 꺼내 발밑에 넣고서 마구 밟았다.

'아뿔사! 세 살 버릇 여든 간다더니……'

말하나 마나 죽기 일보 직전까지 타작당하였다.

주번이잖아

성적을 비관한 고 3학생이 투신자살을 하려고 학교 옥상으로 올라갔다. "행복은 성적순이 아니잖아요."라고 외치는 소리에 모든 급우들과 선생님들이 나와 말리려고 해봤으나 막무가내였다. 이때 최규영이 나타나 소리쳤다.

"얌마, 죽으면 안 돼. 아직은 우리에겐 할 일이 많잖아."

그러나 옥상의 학생은 듣지 않았다.

"아냐, 난 죽어버릴 테야."

그러자 최규영이 더 크게 소리쳤다.

"안 돼! 너 나랑 요번 주 주번이잖아!"

완전 범죄

어느 날 최규영이의 집에서 기르던 개가 한참 동안 짖더니, 입에 이상한 걸 물고 왔다. 최규영이 다가가 보니, 옆집 딸들이 그렇게 아끼던 토끼가 흙을 잔뜩 묻힌 채 개의 입에 물려 있는 게 아닌가.

최규영은 등줄기에 식은땀이 흐르는 것을 느꼈다. 옆집 딸들이 이 광경을 보면 가만있지 않을 터, 최규영이는 고민 끝에 완전 범죄를 계획했다.

우선 좀 찜찜하지만 토끼 시체를 들고 욕실로 가서 털이 새하얗게 될 때까지 씻었다. 그리고 드라이기로 털을 뽀송뽀송하게 말렸다.

토끼의 목에 걸려있던 리본도 역시 깨끗하게 빨아 건조시킨 뒤, 토끼의 목에 묶었다.

완전히 깨끗해진 토끼는 이 정도면 자연사한 것처럼 보였다.

최규영은 담 너머로 옆집의 동태를 살핀 뒤, 아무도 없는 걸 확인하고는 담 너머로 넘어가서 토끼우리에 시체를 반듯하게 눕혀 넣어놓은 뒤 재빨리 집으로 돌아왔다.

얼마 후 갑자기 옆집에서 비명소리가 들렸고, 사람들이 웅성거리는 소리도 함께 들렸다. 최규영은 아무 것도 모르는 척, 자연스럽게 옆집 담으로 다가가 무슨 일이 있냐고 물었다.

옆집 딸들과 아저씨는 얼굴이 새파랗게 질린 채 "토끼가⋯⋯토끼가⋯⋯."라는 말만 반복했다.

최규영은 뜨끔했지만 애써 태연한 척하며 "토끼가 뭐요?" 하고 물었다.

그러자 집주인 왈,

"토끼가 어제 죽어서 뜰에 묻었는데, 어떤 미친놈이 뜰을 파헤쳐서 도로 토끼집에 넣어놨어요. 그것도 깨끗하게 씻겨서!"

애꿎은 벼룩

어떤 아가씨가 버스 안의 옆 좌석에 강아지를 데리고 있
는 최규영이를 보고 못마땅한 표정으로 말했다

"그 개 좀 붙잡아 둘 수 없어요? 내 구두 속으로 벼룩이
들어간 것 같아요."

그 말을 들은 최규영이는 강아지를 자기 쪽으로 잡아끌
며 말했다.

"메리! 이리 와! 저 여자한테 벼룩 있데."

이상한 게임방

최규영이는 모처럼 자기가 다니던 대학교 근처 게임방을 찾았다. 깨끗하고, 인테리어가 좋은 것이 역시 대학가의 게임방은 뭐가 달라도 다르다고 생각했다. 일단 빈 컴퓨터 앞에 앉아서 흐뭇한 얼굴로 컴퓨터를 켠 최규영. 어떤 게임을 할까 생각하는데……, 이럴 수가! 컴퓨터에 게임이 하나도 깔려있지 않았다.

"아니 뭐 이런 게임방이 다 있어?"

최규영이는 투덜대며 주위를 둘러보았다. 시험기간인지 다들 인터넷과 포토샵과 문서 작성을 하고 있었다. 분위기에 휩쓸려 최규영이도 인터넷을 조금하다가 담배를 피우고 싶은 마음에 일하는 사람을 불렀다.

"저 여기요~ 재떨이 좀 갖다 주세요~"

"……."

아르바이트생인 것 같은 남자가 아무런 대꾸가 없자 최규영이는 '일단 가져다 줄 때까지 담배를 피우고 있자.'라는 생각으로 담배에 불을 붙였다. 그러자 아르바이트생인 것

같은 남자가 다가와서 하는 말,

"어느 반에서 오셨어요?"

느낌이 이상해진 최규영이는 신선을 피하다가 모니터 위의 간판을 발견했다. "경대 컴퓨터 학원"

피임약

　조류인플루엔자가 전국에 확산 되었다는 뉴스를 보자 최규영이는 외각에서 양계장을 하는 친구가 걱정되어 위로 차 찾아갔다

　그런데 그때 어느 댁 사모님이 계란을 사 들고 집에 가서 깨 보니, 노른자가 없는 것이었다. 몹시 화가 난 사모님은 그길로 양계장 주인에게 달려와 항의 하는 것이었다.

　"이깃 보세요! 계란에 노른자가 없다는 게 말이 됩니까?"

　화가 난 최규영의 친구인 양계장 주인은 즉시 양계장으로 가서 암탉들을 모두 집합시켰다.

　그리고 목소리를 은근히 깔면서 말했다.

　"누가 피임약 먹었어? 좋게 말할 때 빨리 나와."

멍청한 사람

최규영이와 친구 인철이는 드라이브 여행을 떠났다. 그들이 휴게소에서 쉴 동안 최규영이는 대변이 보고 싶어 화장실로 들어갔다.

한참 있다가 최규영이가 돌아와 투덜거렸다.

"내참, 멍청한 놈들⋯⋯."

"왜 그래? 무슨 일 있었어?"

"글쎄, 화장실에 갔더니 '변기 안에는 휴지 이외에 아무 것도 넣지 말 것'이라고 적혀 있더라구요, 그런 멍청한 말이 어디 있어? 그래서 바닥에 싸 버렸지."

급한 김에

최규영이가 친구네 집에 전화를 걸었다.

"따르릉~ 따르릉~"

그때 친구 어머니가 전화를 받았다.

친구 어머니: 여보세요?

최규영: 여보세요?

친구 어머니: 네~

최규영: 저기……,

순간 최규영이는 친구의 이름이 생각나지 않았다.

평소 친구의 별명만을 부르다보니 친구의 별명인 '마당
쇠' 밖에 생각이 안 난 것이었다.

친구 어머니: 누구세요?

최규영: ……

친구 어머니: ……

당황스러웠지만 친구랑 통화는 해야 했기에 최규영이는
고심 끝에 말했다.

"아주머니, 아들 집에 있어요?"

중도 남자인데

어느 날 최규영이 해질 무렵 바람 쐬러 나왔다가 지나가는 스님의 옷소매 속에 병꼭지가 엿보이고 있었다.

지나가던 최규영이 궁금하여 물었다.

"스님, 그게 무슨 병인가요?"

"아차…… 쇠주병인데."

"아니, 스님께서 술을 하시나여?"

"그, 그런 게 아니고…… 고기가 좀 있기에, 그걸 먹기 위해 약으로 마시려고."

"네?…… 고기도 잡수세요?"

"아, 아냐…… 내 장인이 오셨기에 대접해 드리려고."

"어? 장인도 계셨는데 여지껏 몰랐군요."

"응, 그야…… 평소엔 안 오시는데 오늘은 마누라와 거시기가 내 물건을 놓고 싸움을 해서……."

"맙소사! 그럼 세컨드까지……."

나는 이렇게

　　최규영이 새로운 직업을 찾아 나섰다. 그는 경찰관이 보람도 있고 해볼 만한 직업으로 생각하고 경찰관 모집에 응시해서 구두시험을 치르게 되었다. 최규영은 다음과 같은 질문을 받았다.

　　"만약 최규영 씨, 당신이 공원의 으슥한 오솔길 순찰구역을 돌고 있을 때 아름다운 아가씨가 당신에게 뛰쳐나왔다고 칩시다. 처녀가 숲에서 갑자기 뛰어나온 괴한의 습격을 받아 붙잡혀 끌어안기고 키스를 당하고 겁탈당했다고 당신에게 고발했어요. 이 경우 당신은 어떤 조치를 취하겠소?"

　　최규영이는 여유 있게 웃으면서 대답했다.

　　"그런 거라면 저는 범행을 열심히 재현해 보겠습니다."

국가의 자존심

최규영이 여행사에 취직이 되어 가이드를 맡게 되었다.

어느 날 일본에서 관광객이 놀러왔다. 한국의 가이드를 맡은 최규영이는 그를 동물원으로 데리고 갔다. 먼저 처음으로 호랑이를 보여줬는데, 일본 관광객이,

"한국 호랑이는 왜 이렇게 작습니까? 일본 호랑이는 집채만 합니다."

그러는 것이었다. 얼 받은 가이드 최규영이는 이번에는 코끼리를 보여줬다.

그랬더니 일본 관광객 왈,

"한국 코끼리는 왜 이렇게 작습니까? 일본 코끼리는 산채만 합니다."

그래서 열이 잔뜩 오른 가이드는 맨 마지막 순서로 갔다. 거기에는 캥거루가 열심히 이리저리 뛰고 있었다. 일본 관광객이 물었다.

"저건 뭡니까?"

그러자 가이드 최규영이가 말했다.

"메뚜기 데쓰네~"

한민족의 근성

어느 날 최규영이는, 프랑스인 친구와, 일본인 친구와 같이 아프리카 정글을 탐험하고 있었다.

그런데 갑자기 어디선가 식인종이 나타났고, 세 사람은 포위되어 식인종 마을로 잡혀가게 되었다.

셋이 잔뜩 겁을 먹고 떨고 있는데, 식인종이 말했다.

"너희들에게 기쁜 소식 하나와 나쁜 소식 하나를 전해주겠다. 기쁜 소식은 너희를 잡아먹지 않는다는 것이고, 나쁜 소식은 대신 너희의 가죽을 벗겨 그것으로 보트를 만들겠다는 것이다. 음하하하!"

그러면서 식인종은 그들에게 어떤 방법으로 죽겠냐고 물었다. 자존심이 강한 프랑스인은 총을 달라고 해서 그것으로 자살했고, 이어서 일본인은 칼을 달라고 하더니 할복했다.

그런데 한국인 최규영은 포크를 달라고 하더니 그것으로 자신의 온 몸을 여기저기 찌르는 것이 아닌가!

식인종이 당황하여 물었다.

"지금 뭐 하는 거냐?"

한국인 최규영은 독기어린 눈빛으로 째려보며 대답했다.

"어디, 구멍 난 가죽으로 만든 보트가 얼마나 가나 보자!"

혼날 텐데……

사과 농장에서 일하는 최규영은 실수로 사과를 잔뜩 실은 트럭을 시궁창에 처박았다.

그때 근처에 사는 친구가 나와서 큰 소리로 최규영에게 말했다.

"야! 그 트럭은 나중에 세우기로 하고 들어와서 저녁이나 같이 먹자! 저녁 먹고 나면 내가 거들어 줄 테니까 그때 세우면 되잖아."

최규영은 머뭇거리며 대답했다.

"고맙긴 한데…… 아버지가 화 내실거야."

"괜찮아, 괜찮아! 내가 도와준다니까? 나중에라도 세워 놓으면 뭐라고 안 하실 거야."

친구가 끈질기게 권하자 최규영은 못 이기는 척 따라가 저녁을 먹었다.

푸짐하게 저녁을 먹은 뒤, 최규영은 친구에게 말했다.

"야, 진짜 맛있게 잘 먹었다. 근데……, 아무리 생각해도 아버지한테 혼날 것 같은데."

친구가 대수롭지 않다는 듯 말했다.

"괜찮다니까! 사람들 불러 모아서 지금 당장 세워놓
으면 아버지가 어떻게 아시겠어. 아버지 지금 어디 계시
는데?"

"트럭 안에……."

혼자가 아니야

어느 날 최규영이는 닫히려는 지하철에 아슬아슬하게 탑승했다. 그런데 최규영이가 들어가고 한참이 지나도 닫히지 않았고, 최규영이는 궁금한 나머지 목을 쭉 빼고 바깥을 살펴보았다. 순간, 갑자기 지하철 문이 징—소리를 내며 닫히는 게 아닌가!

"저기요, 목 괜찮으세요?"

잠시 후 문이 열리고, 최규영이가 목을 도로 집어넣으며 기쁨에 찬 목소리로 말했다.

"나 말고 두 명 더 있었어!"

넘볼 걸 넘봐?

최규영이가 점잖게 차를 몰고 가다가 신호에 걸려 멈췄는데, 옆을 보니 나란히 서 있는 차 안에 첨단 아파트 B동 사모님이 타고 있었다.

바라보는 사모님은 너무나도 아름다웠다. 최규영은 두근거리는 가슴을 안고 창을 내리며 사모님에게 창을 내려 보라고 신호를 보냈다. 사모님이 호기심 어린 눈으로 창을 내리자, 최규영이는 용기를 내어 외쳤다.

"여사님! 저 앞에 가서 차나 한잔 하시죠!"

그런데 사모님이 보기엔 최규영이 영 아니어서 콧방귀를 뀌며 그대로 출발했고, 순간 최규영은 몹시 실망했다.

그런데 공교롭게도 다음 신호등에서 또 나란히 서게 되었다. 이때, 사모님이 갑자기 창을 내리더니 최규영이에게 창을 내려 보라는 게 아닌가.

순간 희망에 들뜬 최규영이가 얼른 창을 열었더니 사모님이 씩 웃으며 하는 말,

"야~ 너 같은 건 우리 집에도 있어!"

나폴레옹에 대하여

퀴즈아카데미에 출연하고 돌아온 최규영은 초등학교에 다니는 조카 금동이에게 모르는 게 있으면 무엇이든 서슴치 말고 물어보라고 큰 소리를 쳤다.

어느 날, 학교에 돌아온 금동이가 숙제를 하다 모르는 것이 생기자 자고 있는 최규영을 깨웠다.

"삼촌 물어볼 게 있어요."

모처럼 친구들을 만나 술을 마시고 들어온 최규영은 귀찮았지만 삼촌의 책임을 다하고자 뭐냐고 물었다.

금동이는 노트를 펴면서,

"나폴레옹에 대해 아는 대로 말씀해 주세요."

최규영은 술이 덜 깬 목소리로 대답했다.

"나폴레옹은 소주보다는 독하지만, 그래도 뒤끝이 깨끗한 술이란다."

자랑

난생처음 'BYC' 팬티를 아파트의 사모에게 선물 받아 입게 된 최규영은 너무나 좋아서 친구 인철이에게 달려갔다.

"인철아! 보여 줄게 있어. 잘 봐"

그리고는 아랫도리 바지를 내렸다가 다시 올린 최규영이 물었다.

"봤지?"

그러나 너무 동작이 빨랐는지 인철이는 아무것도 못 봤다고 말하는 것이었다.

최규영은 다시 얼른 바지를 내렸다 올리면서 물었다.

"봤지?"

인철이는 이번에도 "아니"라며 고개를 저었다.

속이 상한 최규영은 또 한 번 힘차게 바지를 내렸다. 그런데 실수로 그만 팬티까지 내리고 말았다. 그것을 아는지 모르는지 최규영이 다시 물었다.

"봤지?"

인철이는 얼굴이 빨개진 채 고개만 끄덕였다.

최규영은 만족스러운 듯

"나 이런 것 집에 다섯 개나 있다."

살고 싶으면 빠삐용이 되라!

오늘은 최규영의 방에 큰 벌이 한 마리 들어왔다.

벌이 왱왱 거리며 날아다니니까 최규영은 생각했다.

'설마 저 벌도 머리가 있는데 내가 괴롭히지 않는 이상 나를 쏘겠나?'

하고 안심을 하다가 조금 뒤에

'아니 저 벌이 나가는 구멍을 못 찾아서 나를 쏘면 어쩌지?'

벌에 쏘이면 최악의 사태가 사망이기 때문에 당장 최규영은 책으로 벽에 붙어있는 벌을 딱! 덮어 벌을 쥐포처럼 납작하게 만들어 버렸다.

조금 뒤에 또 큰 벌이 왱왱 거리며 방으로 들어왔다. 이 벌은 창문의 방충망에 딱 달라붙어 있었다. 그러나 이 벌은 책으로 딱! 덮으면 방충망이 파손되므로 안쪽의 창문을 닫아 방충망과 창문에 벌을 교도소에 가두듯이 가두어 버렸다.

그리고는 큰 소리로 말했다

"살고 싶으면 빠삐용이 되라!"

마약은

어느 날 집에서 최규영이 조용히 있는데 동사무소에서 광견병 예방주사 맞으러 오라는 방송이 흘러나왔다. 최규영은 당장 동사무소의 담당자에게 가서 말했다.

"광견병 예방주사는 팔에 맞나요?"

"광견병 예방주사는 개에게 맞히는 것입니다."

그리하여 간염예방주사나 독감예방주사와 같이 광견병 예방주사도 사람에게 맞는 것인 줄 알았던 최규영은 고개를 끄덕이다

"그럼 마약은 말이 아플 때 말이 먹는 약인가요?"

휴대전화 때문에

어느 날 최규영이 공중 화장실에서 큰일에 집중하고 있는데 옆 칸 사람이 말을 걸어왔다.

최규영: *끄⋯응⋯⋯.*

그런데 갑자기 옆 칸 사람 음성이 들려왔다

"안녕하세요?"

최규영은 '이 사람은 일 보면서 웬 인사야, 집중 안 되게⋯⋯. 혹시 휴지가 없나?'라고 생각하고는,

"아, 네 안녕하세요!"

하고 답하며 휴지를 주려고 했는데, 옆 칸 사람은 별 반응이 없었다. 최규영이는 투덜거리며 다시 일에 집중했다. 그런데 잠시 후 옆 칸 사람이 또 말을 건네 왔다.

"그래, 점심식사는 하셨습니까?"

최규영은 '이 사람 진짜 웃기는 사람이네. 더럽게 화장실에서 웬 밥 얘기야~ 별 희한한 사람 다 보겠네'라고 생각을 하면서도 워낙 예의가 바른지라 대답해주었다.

"네, 저는 먹었습니다. 어⋯⋯ 그쪽도 식사하셨나요?"

그러자 옆 칸 사람이 뭐라고 중얼거렸고 최규영이는 깜
짝 놀라 휴지를 떨어뜨렸다.

"저, 아무래도 전화 끊어야겠습니다. 옆에 이상한 사람
이 있는지 자꾸 말을 시켜서요."

넌 조용히 해

최규영이가 모처럼 첨단경비시스템 연수를 받고 해외에 나갔다가 돌아오던 중 비행기가 폭풍우에 빠져 버렸다.

승객들은 마치 깡통 속에 든 땅콩처럼 우당탕 거리고 있는 가운데 저마다 믿고 있는 신에게 살려 달라고 기도를 하고 있었다.

"하느님, 살려 주십시오."

최규영이도 마찬가지였다. 그런데 그 옆에 있던 다른 사람이 최규영에게 경고하길,

"넌 조용히 해! 만약 하느님이 네가 여기 있는 것을 아시면 우린 끝장이란 말야!"

엉뚱한 횡재

최규영이는 친구 인철이와 둘이 시골에서 차를 타고 가다가 고장이 났다.

밤이 다 된 시간이라 둘은 한 저택의 문을 두드렸다.

그러자 문이 열리고 과부가 나왔다.

"자동차가 고장 났는데 오늘 하룻밤만 묵을 수 있을까요?"

과부는 허락했고 두 남자는 다음날 아침 견인차를 불러 돌아갔다.

몇 달 후에 인철이가 자신이 받은 편지를 들고 최규영이 한테로 찾아가 말했다.

"자네, 그날 밤 그 과부와 무슨 일 있었나?"

최규영이는 과거를 회상하듯 눈을 치켜뜨고는 유들거리며 말했다.

"으~응, 아주 즐거운 시간을 보냈지."

"그럼 혹시 과부에게 내 이름을 사용했나?"

"어, 그걸 어떻게 알았나?"

그러자 인철이 왈,

"그 과부가 며칠 전에 죽었다고 편지가 왔는데, 나에게 5억 원을 유산으로 남겨줬어."

"웩! 뭐라고?!"

뒤바뀐 효도

　최규영의 본가에는 방이 3개 있다. 큰 방은 연세 드신 부모님이 사용하신다.

　"오늘 TV의 드라마는 재미있지요?"

　"그럼."

　하고 부모님은 TV를 보고 있었다. 그리고 방 2개는 변변치 못한 직업을 가진 최규영이와 차남이 사용하고 있다. 그런데 최규영 밑의 여동생은 돈을 잘 버는 학교 교사이다.

　어느 날 최규영이 밖에서 방을 얻어 생활하는 교사 여동생에게 전화를 걸었다.

　"밖에서 혼자 생활을 하니까 어떠니?"

　"마음 편하게 지낼만해, 오빠."

　최규영은 그 길로 당장 집을 나와 버렸다.

　그때 여동생인 교사는 밖에서 괜히 비싼 방세를 내는 것보다는 부모님이 계시는 놀고 있는 방으로 들어갔다. 그리고는 부모님께 효도하면서 행복하게 잘 살았다.

슈퍼맨, 배트맨과의 차이

오늘은 비가 오니까 생각이 난다. 비가 너무 많이 오면 홍수가 나서 사람이 몇 명 죽는다. 눈이 너무 많이 와도 간혹 판잣집이 내려앉는다. 우박이 와도 맛있는 채소에 구멍이 나 버린다. 까치가 맛있게 대롱대롱 달린 배를 찍어 갉아 먹는다. 인간들에게 편리하도록 만든 자가용에 매일 사람이 치어 사람이 죽는다.

슈퍼맨과 배트맨 그리고 초코파이맨인 최규영이 비행기를 타고 가다가 비가 너무 오는 바람에 사고가 났다.
비행기로 부터 사고 소식을 들은 슈퍼맨.
"슈퍼~매앤" 하며 날아가 버렸다
배트맨은
"배트~매앤" 하면서 뛰어내렸다.
마지막 남은 최규영,
"초코파이~매앤"
하며 뛰어내렸다
그리고 "찍"

복수

4번씩이나 취직시험에서 떨어진 최규영이 성당의 마리아상 앞에서 소원을 빌었다.

"제발 올해에는 직장에 다니게 해주세요. 만약 이번에도 미끄러지면 마리아님을 도끼로 깨뜨려 버릴 거예요."

최규영은 감정에 복받쳐 마리아상을 두고 협박까지 했다.

마침 옆을 지나가던 수녀가 그 얘기를 듣고 깜짝 놀랐다. 최규영은 평소 때는 얌전하고 고분고분 하지만 마음에 내키지 않는 일이 있으면 난동에 가까운 행패를 부리는 성미였던 것이다.

다음날 수녀는 커다란 마리아상을 치우고 대신 낡고 조그만 마리아상을 갖다놓았다.

합격자 발표 날.

최규영은 이번에도 어김없이 미끄러졌다. 그러자 최규영은 도끼를 들고 무서운 기세로 성당으로 달려갔다.

그런데 지난번 마리아상과는 달리 아주 조그만 마리아

상이 있는 게 아닌가!

최규영은 어린 마리아상에게 협박투로 물었다.
"야! 너희 엄마 어디 갔냐?"

국물이 끝내줘요

회사에서 짤리고 난 후 삶에 회의를 느낀 최규영, 그는 겨울바다를 보기 위해 혼자만의 여행을 떠났다.

차장 밖으로 스치는 풍경을 보며 고독을 씹던 최규영. 그런데 갑자기 배가 울렁거리기 시작했다. 체한 것을 알고 최규영은 다급히 토할 수 있는 그 뭔가를 찾다가 차 안에서 먹은 사발면 그릇을 발견했다.

속이 후련해지도록 구토를 한 후 사발면 뚜껑을 잘 덮은 최규영은 편안하게 눈을 감았다.

잠시 후 인기척에 눈을 뜬 최규영은 깜짝 놀랐다. 웬 아리따운 아가씨가 자신이 토해놓은 사발면 그릇을 잡고 있는 것이 아닌가.

그녀는 최규영이 미처 말리기도 전에 그 안에 있는 것을 다 마셔버렸다.

너무나 놀라 말문이 막힌 최규영, 그녀의 말에 더욱 경악하고 말았다.

"참~! 국물이, 끝내줘요."

천만다행

　최규영이는 현정이를 사랑하여 아버지께 결혼하겠다고 말했다.

　그러나 아버지는 놀라서 펄쩍 뛰며

　"규영아, 내 같은 남자끼리니 툭 까놓고 말하겠다. 너와 현정이가 결혼하면 안 되는 이유는…… 실은 현정이는 내 딸이다. 그러니까 너하고는 이복동생이 되는 거다. 그러니 단념해라."

　그로부터 최규영이는 충격 끝에 두문불출하고는 머리를 싸매고 드러눕고 말았다.

　그때 어머니가 궁금하여 최규영이에게 묻게 되어 그 사실을 알게 되었다.

　그러자 어머니는 빙그레 웃으며,

　"규영아, 걱정마라. 넌 현정이와 결혼해도 괜찮단다. 너에게만 말인데 사실은 너는 네 아버지의 아들이 아니란다."

때가 때이니 만큼

최규영이 직장 동료의 소개로 아가씨와 데이트를 했다. 두 사람은 분위기 좋은 레스토랑에서 저녁을 먹고, 낭만적인 로맨스영화도 보고 황혼이 짙게 깔린 돌섬을 거닐며 즐거운 시간을 보냈다.

얼마쯤 시간이 흘렀을까, 모래사장에 앉아 사랑의 기쁨에 휩싸인 아가씨는 손가락으로 모래 위에 '만남, 사랑, 영원, …….'이라고 썼다

그때 옆에서 최규영이도 뭔가를 열심히 쓰고 있었다. 아가씨가 궁금해서 물어봤다.

"규영씨, 뭐 써요?"

그러자 최규영이가 한숨을 내쉬며 아가씨에게 하는 말,

"오늘 내가 쓴 돈을 계산하고 있어."

잠꼬대

　최규영이는 나이 40이 넘어가는 해에 천신만고 끝에 결혼을 하게 되었다.　그러자 첨단경비실 보안요원 동료들이 축하주를 내라, 집들이를 하라면서 연일 술좌석에 맴돌았다.

　그렇게 술에 찌들고 피로에 지친 최규영이 출근하여 사무실에서 꾸벅꾸벅 졸고 있었다. 아무리 정신을 차리려고 애써도 '스르르' 눈이 감겼다.

　못마땅한 표정으로 최규영을 노려보던 실장이 마침내 버럭 고함을 질렀다.
　"이봐 정신 차려!"
　깜짝 놀란 최규영이 벌떡 일어나면서 하는 말.
　"아니 실장님, 밤늦게 저희 집에 왠일이십니까?"

구멍 막기 바빠

그동안 열렬히 사랑을 하던 최규영이는 기어코 결혼식을 올렸다.

즐거웠던 신혼여행과 달콤했던 밀회도 순식간에 사라진 지 몇 개월.

어느 날 최규영은 점심때가 되어서야 양쪽 콧구멍에 솜을 틀어막은 채 초죽음이 되어서 회사에 출근했다.

상사인 실장은 화를 내며 말했다.

"당신 결혼하더니 왜 이렇게 늦어! 이제 식구가 늘었으니 더 부지런해야 되는 것 아냐! 도대체 왜 그래?"

"차장님, 기왕 간이 부은 김에 옥상에 올라가 떨어져 지구를 하직 하겠습니다. 이거 어디 살 수 있겠습니까? 낮에는 종일 잔소리 하는 실장님 구멍 막으랴 바쁘고, 밤에는 밤새도록 아내에게 들볶여 구멍 막으랴 볶이고, 또 쏟아지는 내 쌍코피 구멍 막아야 되고 구멍이란 구멍은 죄다 막아야 되니 살맛이 나야지요. 이럴 줄 알았으면 절에 가서 중이 되는 건데."

할 줄 아는 게

오늘은 최규영 부부가 모처럼 만에 외식을 하고 팔짱을 낀 채 인도를 걷고 있었다.

"여보, 오늘 양식은 맛있었나요?"

하고 남편인 최규영이 활짝 웃으며 묻자

"참 맛있었어요. 다음에는 일식을 먹으러 가요."

"그건 안돼요. 한식을 먹으러 가야 돼요."

"아니 한식은 집에서 매일 매일 신물이 나도록 먹잖아요."

"그렇군."

하지만 마음속으로 최규영은 입을 쩝쩝거리며 말했다.

"쳇! 할 줄 아는 최고의 요리는 라면 끓이는 것 밖에 없으면서……."

아가씨의 사과

어느 날 최규영이 야근을 하고 늦게 지하철을 타고 돌아오는데 때마침 옆에 탄 아가씨가 조는 바람에 입술이 와이셔츠에 닿았다.

결국 와이셔츠에는 여자의 입술자국이 나 버렸다.

집에 들어온 최규영은 그날 아내에게 오선지 꽤나 그리게 되었다.

억울한 최규영은 며칠 후 또 다시 그녀를 만나게 되어 집 전화번호를 가르쳐 주며 아내에게 자초지종을 말해 달라고 부탁을 하였다.

그녀는 흔쾌히 승낙을 하였다.

그날 오후 아내는 젊은 여자의 전화를 받아야 했다.

"그러니까요. 바깥양반이 그날 그런 일이 있던 건 제가 잠들어 있었던 탓이에요. 저는 댁의 남편이 제 옆에서 같이 자고 있는 줄은 생각지도 못했어요. 제 실수가 커요……."

틀림없이 아홉 달

최규영이가 40이 넘어서 그나마 짝짓기에 성공하였다. 그런데 결혼한 지 석달 만에 아내가 떡두꺼비 같은 아들을 낳았다.

덜 떨어진 얼간이 최규영이도 아홉 달은 되어야 아들을 낳는다는 이야기를 들었는지라 아무래도 이상하다고 생각이 되어 목사님께 의논하러 갔다.

그러자 목사는 빙그레 웃으면서 하는 말이,

"이 사람아, 걱정도 팔잘세 그려. 자고로 아이는 아홉 달 만에 낳는 것인데 잘 따져보게나. 자네가 아내와 살기 시작한 게 석 달, 아내가 자네와 살게 된 게 석 달, 자네 내외가 살기 시작한 게 석 달, 그러니까 모두 합하면 틀림없는 아홉 달이 아닌가."

이 말을 듣자 최규영이는 고개를 끄덕이고는 빙그레 웃으며 집으로 돌아왔다.

노련한 죄수

외부로 보내는 편지가 모두 검열 당한다는 사실을 알고 있는 교도소에 수감중인 최규영이가 아내로부터 편지를 받았다. 아내는 편지에서,

"여보, 텃밭에 감자를 심고 싶은데 언제 심는 게 좋죠?"

하고 물었다. 최규영이는 이렇게 답장을 써서 보냈다.

"여보 우리 텃밭은 어떤 일이 있어도 파면 안돼요. 거기에 내 총을 모두 묻어 놓았기 때문이오."

며칠이 지난 후 최규영의 아내에게서 또 편지가 왔다.

"수사관들이 여섯 명이나 우리 텃밭을 구석구석 파헤쳐 놓았어요."

최규영이는 즉시 답장을 써 보냈다.

"이제 됐소. 지금이 감자를 심을 때요."

숫처녀

최규영이 결혼을 하자 노름을 좋아했다. 너무 좋아하다 보니 미치다시피 한 사람이 되었다.

하루는 노름을 계속하다가 마침내 다 잃어 무일푼이 되어 버렸다. 이제 남은 것이라고는 마누라밖에 없다.

그래서 결국엔 그 마누라를 걸고 해보았으나 여전히 지고 말았다.

"부탁이요. 또 한 번 마누라를 걸고 해 봅시다."

그러자 상대는,

"두 번씩이나 걸 순 없잖소."

하고는 딱 잘라버렸다. 그렇지만 최규영이는 통 사정을 했다.

"우리 마누라는 두 번 걸 만한 값어치가 있소. 그러니 제발 부탁이요."

"어디에 그런 값어치가 있단 말이요."

"실은 우리 마누라는 아직도 숫처녀라오."

"에이, 그런 엉터리 같은 소리 마쇼."

"아니 사실이요. 나는 마누라와 결혼 한 뒤 한 번도 집에 들어가 잔 일이 없다오."

어찌된 영문

최규영이 숙직 날 갑자기 아내가 그리워서 동료에게 대신 부탁을 하고 집에 돌아왔을 때는 밤 10시경이었다. 불이 꺼져 있어서 더듬더듬 방으로 들어가니 아내는 누운 채로 말했다.

"아이구 머리야, 불을 켜지 말아요. 골치가 아파서 불이 밝으면 구역질이 나요."

남편은 할 수 없이 어둠 속에서 옷을 벗고 아내가 있는 이불 속으로 들어갔다.

아내는 몹시 고통스러운 모양이다.

"아이구 여보! 못 참겠어요. 약국에 가서 약 좀 사다 주세요."

이 말에 급하게 남편은 더듬더듬 옷을 찾아 입고서 허둥지둥 밖으로 뛰어 나갔다. 그런데 약국 가까이에서 친구를 만났다. 그 친구 이상한 표정으로,

"자네 지금 예비군 훈련 가는 길인가?"

"아, 아니 약국에."

"그런데 왜 군복을 입고 나왔어?"

내기

어느 날 최규영이는 친구 인철이를 만나 동네를 거닐고 있는데 갑자기 이 친구 하는 말,

"규영아 저기 있는 여자, 히프 밑에 점이 있나 없나 내기 할까?"

"그래 얼마 걸거야?"

"10만원 걸자."

"좋다, 나는 틀림없이 있다."

"나는 없다."

"규영아 네가 졌다. 저 여잔 내 마누라 거든."

규영이는 할 수 없이 인철이에게 돈을 줘야 했다. 그러다 어느 날 규영이는 인철이에게 전화를 걸었다.

"인철아, 넌 사기꾼이다. 내가 눈을 크게 뜨고 뒤져보아도 네 마누라 히프 밑에는 점이 없었다."

난폭운전

술취한 최규영이 모처럼 아내를 즐겁게 해주려고 아내 위로 올라탔는데 그만 아내보다 먼저 쾌감의 절정에 도달하고야 말았다.

순간 죄스럽게 미안했던 최규영이 말하기를,

"음주를 하고 달리다가 교통순경이 쫓아오는 바람에 급해서 그만 또랑에 빠졌지 뭐요."

"그러게 음주를 하고 난폭하게 달리니까 그렇지요. 원래 자가용은 상쾌한 마음으로 살살 몰아야 스릴 있고 좋은 거예용. 차 뺐으면 그렇게 다시 해봐요."

새 것의 그리움

어느 날 회사에 출근한 최규영에게 동료가 말했다.

"여보게, 기가 막히게 용한 점쟁이가 있다는데 같이 가보지 않겠나."

최규영은 동료의 말을 듣고 장래의 운명을 알 수 있다고 생각하자 가슴이 뛰었다.

점심시간에 점쟁이 여자는 최규영의 손과 얼굴을 살피며 쌀알을 던지고는 하는 말이,

"당신은 가까운 장래에 일생을 같이 할 여자를 만나게 됩니다."

그러자 최규영은 해괴한 소리를 지르며 외쳤다.

"이야호! 신난다! 그렇지만 지금의 아내는 어떻게 하지요?"

시내버스 탄 최규영

어느 날 최규영은 촛불 집회에 가 보려고 모처럼 서울 나들이에 나섰다.

터미널에 내린 최규영은 광화문 광장을 가기 위해 시내 버스를 탔다.

버스가 종로에 오자 운전사가 크게 외쳤다.

"5가입니다. 5가 내리세요."

그러자 몇 사람이 우르르 내렸다.

다시 버스가 출발하여 한참 후 운전사가 또 소리쳤다.

"2가입니다. 2가 내리세요."

또, 몇 명의 사람이 내렸다.

안절부절 하며 망설이던 최규영은
작심하고 운전사에게 다가갔다.

"왜! 뭇가하고 李가만 내리게 하는 거지요?
崔가는 언제 내리는 거여?"

통 큰 마누라

전날 밤새도록 술판을 벌이다 새벽에 찜질방으로 출근
하여 찜질방에서 퍼져있었다. 얼마 후 휴게실 벤치 위에 있
던 휴대폰이 울렸고 최규영이 받았다.

"여보세요"

조용해서 상대방 목소리가 잘 들렸다

"여보?나야"

"응"

"아직 사무실이야?"

"그래"

"나지금 백화점인데 마음에 꼭 드는 밍크 코트가 있어
서..."

"얼만데?"

"천 오백"

"마음에 들면 사"

"고마워 그리고 좀 전에 벤츠 매장에 갔었는데 신형 모
델이 2억밖에 안한데... 작년에 산 BMW 바꿀 때도 된
것 같구.."

"그래? 사도록 해!! 이왕이면 풀 옵션으로 하고."

"자기 고마워! 참 한 가지 더 말할 게 있는데…"

"뭔 데?"

"아침에 부동산에서 전화 왔는데 풀장과 테니스 코트가 딸린 바닷가 전망 좋은 저택이 매물로 나왔는데 좋은 가격이래."

"얼마?"

"20억이면 될 것 같대."

"그래? 바로 연락해 사겠다고."

"알았어요. 자기 사랑해 이따 봐요 쪽~!"

전화를 끊은 최규영,

그런데 갑자기

전화기 든 손을 번쩍 들더니 하는 말,

"이 휴대폰 누구 겁니까?

납치

어느 날 괴한이 최규영을 납치하여 부인에게 전화를 걸었다.

납치범: 당신 남편을 납치했으니 돈을 보내지 않으면 남편을 죽이겠다.

부인: 마음대로 하세요.

하고 끊었다.

한참 후 괴한은 다시전화를 걸었다.

납치범: 당신남편을 돌려주겠소.

부인: 무슨 소리예요?? 한번 납치했으면 그만이지!! 돈을 드릴테니… 제발…

말 되네!

　최규영 부부가 크게 싸우고 며칠 동안 한마디도 하지 않았다.

　그러다 하루는 최규영이 잠들기 전에

"아침 여섯 시에 꼭 깨워 줘."

라는 쪽지를 탁자에 남겼다.

　다음 날, 최규영이 일어나 시계를 보니 열 시였다!

　아내가 적어 논 쪽지엔 이렇게 적혀 있었다..

"여섯 시야. 일어나."

원인

떡국이 엄청나게 위험한 식품이라는 새로운 사실이 드러났다.

떡국은 각종 성인병과 더불어 암, 골다공증, 치매, 탈모, 노인병 등을 유발하는 것으로 드러나 공포에 휩싸이고 있다고 한다.

헉……

이에 다년간 연구해온 최규영의 보고에 의하면
그 주요 원인은 떡국을 먹게 되면
사람이
사람이

나이를 먹게 되기 때문이라고… 최규영은 말한다.

가엾은 최규영

최규영이 모처럼 친구들을 만나 술을 퍼마시고 룸싸롱에서 계산을 하려고 했다.

카드로 결제하면
마누라 핸드폰으로 문자가 가니,

룸싸롱으로 찍히면 안 된다고
식당으로 나오게 해달라고 했더니

마담이 여유롭게 말했다.
걱정 말라고 ……

최규영은 안심하고 집에 갔다가
대문에 들어서면서부터
이유도 모른체,
마누라한테 …
열나게,
허벌 나게,

코피 나게
그리고 작살나게,
하염없이,
밤이 새도록,
뒤지게 맞았다…
아~~~~
나 죽네!~
나 죽어~~

마누라 폰에 문자가 이렇게 찍혀 있었다.
새벽 2시 30 분 김밥천국 ₩1,650,000

가슴속에 마누라

어느 날 최규영이 술집에 들어가 술을 시키고 혼자 마시기 시작했다.

한잔, 두잔, 세잔을 홀짝 홀짝 마시는데

마실 때마다 윗도리를 제치고 가슴 쪽을 보는 것이었다.

이를 본 술집 종업원이 궁금하여 최규영에게 물었다.

"안주머니에 뭐 소중한 거라도 들어있나요?"

그러자 최규영이는 이렇게 대답했다.

" 내 마누라 사진이 들어 있소이다."

술을 마시면서도 보고 싶은 아내라니 와! 감동적이고 완존! 멋있다. 라고

생각이 들은 그때 다음 한마디를 내던지는 최규영의 왈,

"마누라가 예뻐 보이면 취한 거니까 그땐 그만 마시려고……."

최규영이가

　　최선을 다하는 작가인 최규영의 소설 진행의 원칙은 '법에 안 걸리고 재미있게 무조건 진도 나가기'이다. 여기에서 무조건이 들어간 이유는 밥줄이기 때문이다. 그리하여 자기가 완성한 작품이 혹시 베스트셀러가 된다면 기자가 인터뷰를 하러 올 것이다.

　　"저와 인터뷰를 좀 합시다. 자랑스러운 베스트셀러 작가님."

　　최규영은 기다렸다는 듯이

　　"어서 오십시오 기자님! 저는 당연히 연예신문의 한 페이지를 장식해야 합니다. 하하하⋯⋯."

　　하고 신나는 상상을 한 다음에 공인으로서 최대한 자기의 얼굴이 우리나라에 알려지길 학수고대 하고 있다.

　　이것이 최규영 일명 최구라의 삶이다.

박종호 유머집

응답하라, 친구라!!

2018년 1월 20일   초판 인쇄
2018년 1월 25일   초판 발행

지은이 | 박종호
펴낸이 | 정유리
펴낸곳 | 도서출판 백암
주소 | 서울특별시 마포구 신수동 219번지
전화 | 02) 712-3733
팩스 | 02) 706-9151
출판등록 | 제313-2002-35호
E-mail | Baekam3@hanmail.net
ISBN 978-89-7625-167-1

값 | 10,000원